離縁の危機なので旦那様に迫ったら、
実は一途に愛されていました

第一章　鉄格子越しの逢瀬

「本日は王城前通りにある菓子屋の、ひと口タルトタタンをお持ちしました」

豪奢《ごうしゃ》な部屋の中央を分断するように取り付けられた鉄格子の向こう側。縦長の菓子箱の中には、目にも美味そうな飴色をした、ひと口サイズの丸い菓子が横に二つ縦に五つ並んでいた。その菓子を目にした女は、空色の大きな目をさらに大きく見開くと、ごくりと喉を鳴らす。

「とっても美味しそうですね！」

女は真っ白な手を握り合わせ、目を細めて笑った。

女の、肩の下まである栗色の巻き髪は綺麗に整えられ、耳の上にはバラを模した桃色の髪飾りが付いている。彼女のドレスも髪飾り同様桃色を基調としたもので、胸元は上品な白いフリルで飾られている。どこからどう見ても、鉄格子とは不釣り合いな装いだ。

「召し上がられますか、おひとつどうぞ」

女と同年代と思われる黒髪の青年が、菓子箱を手に、形の良い唇の端を吊り上げる。彼女が菓子を手に取れるよう、鉄格子に菓子箱を近づけた。

女は嬉しそうに鉄の柱の向こう側へ腕を伸ばし、飴色をしたひと口サイズの丸いタルトタタンをひとつ手に取る。と同時に大きく口を開け、リンゴと砂糖、それにバターの塊を頬張った。シャクシャクと音を立てて咀嚼《そしゃく》するその顔は実に嬉しそうだ。

女のご満悦な様子に、青年も人形のように整った顔をほんの少しだけ綻《ほころ》ばせた。

「お～いしいっ！　リンゴのシャキシャキ感とバターのまろやかさ……！　適度にシナモンが利いていてとっても美味しいです！」

「それは良かった」

女はこの国――宗国《そうこく》の南半分を治めるティンエルジュ侯爵家の令嬢だ。ティンエルジュ侯爵家は王家の傍流に当たる家で、本来ならば手掴みでものを食べるなど躊躇《ちゅうちょ》するような身分だが、森に囲まれた田舎の領地で育った彼女は、手や口の周りが汚れるのにどうも頓着しないらしい。指先についた砂糖をちゅぱりと舐《な》めながら、青年に「もうひとつください！」とニッコリおねだりした。

女のおねだりに、青年は残りの菓子を箱ごと彼女へ渡す。縦長の菓子箱はちょうど鉄格子の間を通る横幅であった。

彼らを隔てる鉄格子の存在さえなければ、和《なご》やかな光景に見えたかもしれない。しかし、二人の間には幼児の手首ほどの太さの柱が並ぶ、いかにも堅牢《けんろう》そうな鉄格子がある。

それだけではない。豪奢《ごうしゃ》な部屋の中には、揃いの赤い制服を着たティンエルジュ家の私設兵達が壁に沿うようにずらりと立ち並んでいる。彼らは鉄格子で隔てられた部屋の両側にいて、女と青年のことを見張っているのだ。

「おい、いくつ食べるつもりだ」

私設兵の列から、ひと際大きな女が一歩前に出る。真っ直ぐな黒髪を肩のあたりで切り揃えた女は、自分の女主人に向かって粗暴とも言える口の利き方で声をかける。その黒々とした瞳は据わっていた。

「また太るぞ、リオ」

「だって、せっかくアレス様が買ってきてくださったのよ？　美味しく食べてお礼を言わなきゃ」

私設兵から雑に愛称で呼ばれた女は、鉄格子の向こう側にいる青年に「ねえ？」と微笑んで同意を求める。

「ありがとうございます、リオノーラ……」

アレスと呼ばれた黒髪の青年は力なく頷《うなず》いた。

胸元に金の鎖がついた灰色の詰襟服を着込む彼の顔立ちは非常に整っているが、切れ長の瞼《まぶた》から覗《のぞ》く深緑の瞳には生気がない。どこか遠い目をして、タルトタタンを頬張る女——リオノーラの顔を見ている。言葉はかろうじて発しているが、様子は普通ではない。目の下には隈《くま》ができており、魂が抜けたように覇気がなかった。

「さあ、もう時間だ」

私設兵の女がぱんぱんと手のひらを打ち鳴らす。

「もう？　アレス様、今日も美味しいお菓子をありがとうございました。タルトタタン、とっても美味しかったです！」

「喜んでいただけて光栄です。また来週、こちらへ参りますね」

「あ、別に無理して来なくても大丈夫ですよ？」

胸の下に腕を当て恭《うやうや》しく腰を折るアレスに、リオノーラは困ったように眉尻を下げる。

アレスが腰を折ったまま、ぴしりと固まった。

「こ、来なくてもいい……？」

「アレス様、すっごく顔色が悪いですよ。お忙しいんですよね……？　お休みのたびにティンエルジュ領まで来るのは大変でしょう？　しばらく来なくても大丈夫ですよ」

「そんな、ことは」

それまで人形のように表情に乏しかったアレスの顔に、明らかな焦りの色が浮かぶ。深緑色の瞳を左右に揺らし、彼は絞り出すような声で再び「……また、来週参ります」とだけ言うと、部屋を後にしたのだった。


「ねえ、レイラ。アレス様は大丈夫なのかしら？」

リオノーラは眉尻を下げたまま、先ほど自分に「太るぞ」と忠告した私設兵の女――レイラの顔を見上げる。問うた彼女の顔は不安げだが、菓子に伸ばす手は止まらず、またひとつタルトタタンを口へと運んでいる。

（……アレス様の様子がおかしい）

アレスとはたまにしか顔を合わせないリオノーラでも、違和感を抱くほど。

もぐもぐごくんとリンゴと砂糖とバターの塊を飲み込んだ。

「……大丈夫ではないだろうな。明らかな『戦神の薬《せんしんのくすり》』の副作用が出ている。あの分では持って一年、いや、半年か」

レイラの不穏な言葉に、リオノーラはぎゅっと眉根を寄せ、目を伏せる。白い頬に睫毛《まつげ》の影ができた。

「どうすればいいのかしら……」

「リオがこの屋敷を出て、婿殿と一緒に王都で暮らせばいいだろう。悩む必要なんかない」

リオノーラに菓子を持ってきた黒髪の青年——アレスは、彼女の歴とした夫だ。彼らは一年と九ヶ月前に結婚したが、それ以来共に暮らしたことは一度もなく、今も別居状態が続いている。

アレスは宗国軍の特務師団に所属する騎士で、リオノーラより二歳年上の現在二十三歳。約二年半前に終結した西の帝国との戦争——通称「宗西戦争」で前人未到の戦果を上げ、現在はエリート職である師団長補佐官の任に就いている。特務師団は諜報と暗殺を主に担う組織で、アレスは宗西戦争時、暗殺部隊の部隊長であった。

宗国軍は、宗国を治める宗王に仕える騎士達を中心とした組織で、王都に本部があることから「王立騎士団」とも呼ばれている。

若くして出世したアレスはきっと気苦労の絶えない生活を送っているに違いない。そのことはなんとなく察しているが、リオノーラには、ティンエルジュ領から出られない事情があった。

「簡単に言ってくれるわねえ。私には仕事があるのよ？」

リオノーラは小さな唇を尖らせる。

彼女はティンエルジュ侯爵の一人娘で、家令がいない父親の右腕として日々忙しく働いていた。今も、リオノーラの後ろには書類の束を持った別の私設兵がいて、様子をちらちら窺《うかが》いながら決裁を待っている。

リオノーラは自分の身を自領の発展のために捧げていた。恋愛欲はあまりなく、父親に自分の婿について「家の利益になるような男性で、私のことをあまり構わない人がいい」とわざわざリクエストしていたほどだ。

ちなみに、この宗国はここ数年戦争が頻発しており、戦死するなどして嫡男がいない家も多い。女でも一応家督を継げるが、リオノーラのように、跡継ぎとなる婿を取る家のほうが多数派だ。どこか突き放すようなリオノーラの言葉に、レイラは眉間の皺《しわ》を深くする。

「婿殿は家族ではないのか？　家族の具合が悪いのに駆けつけてやらないのか？」

「家族って……。アレス様が勝手に陛下に願い出て、私との結婚を決めたんじゃない」

彼らの結婚は、親同士が決めた政略結婚でも、恋愛結婚でもない。

王命だ。

アレスは、難攻不落と謳《うた》われていた西の帝国との戦争で、人一倍どころか人百倍の戦果を上げ、その褒賞にリオノーラとの結婚を望んだのだ。宗西戦争の勝利に気を良くした王はアレスの願いをあっさり承諾し、二人は結婚することになったのだが――

リオノーラはアレスの無理やりとも言える求婚を喜ばなかった。喜ばないどころか「どうして私になんの相談もなく、宗王に結婚を願い出たのか」と、アレスを責め立てた過去がある。

リオノーラは、アレスが自分の婿に——いや、将来のティンエルジュ侯爵家の当主としてふさわしくないと考え、彼の求婚に憤《いきどお》ったのだ。リオノーラとアレスは幼馴染《おさななじみ》で、かれこれ十五年以上の付き合いがある。アレスは昔から人一倍おとなしい性分で、口数も多いとは言えない。そんな彼が海千山千の老獪《ろうかい》な貴族や商人、ティンエルジュ領に隣接する属国南方地域の族長達と渡り合っていけるとは到底思えなかったのだ。

ちなみに、アレスの出自はかなり複雑だが、リオノーラは彼の生まれに関しては気にしていない。アレスの父親はこの宗国の貴族だが、母親は宗国の属国である南方地域出身の移民だった。そしてアレスの父親には、母親とは別に、歴とした正妻がいた。アレスは婚外子、庶子なのである。

「婿殿のことが嫌いなのか？」

レイラはさらにリオノーラに問う。

アレスは、実はレイラにとって父親違いの弟でもある。

アレスの父親には正妻との間に息子が二人いるが、二人とも生まれつき身体が丈夫ではなかった。アレスの父親は家の発展のため、騎士となって武功を立てられる息子を欲していた。

レイラとアレスの母は、南方地域にある戦闘部族らが住まう村の族長で、村で一番強い剣士でもあった。強い女なら丈夫な子を産むだろうとアレスの父親は考えたらしい。干ばつが続いていた戦闘部族らの村は貧しく、一族への資金援助を条件に、レイラとアレスの母は宗国へと移り住み、そしてアレスを産んだのだという。なお、現在戦闘部族らの村は、南方人であるレイラの父親が長として治めている。

レイラはこのティンエルジュ家に、十五歳の時からもう十五年も仕えてくれていて、現在では私設兵団の長を務めている。勤続歴が長いこともあり、身内の事情をリオノーラへ包み隠さず話していた。

レイラがアレスのことを「婿殿」と呼んでいるように、二人は現在も姉弟付き合いをしていないようだが、それでもレイラはアレスのことが心配だから強い口調で尋ねてくるのかもしれない、とリオノーラは考える。

リオノーラはレイラの問いに首を横に振った。

「嫌いじゃないわ。でも、家のことも放っておけないの。領の仕事が山積みなのに、屋敷を空けられないわ」

王命にて結婚が決まった際、リオノーラはアレスと結婚しても共に暮らすことは難しいと考えていた。結婚する前から、彼女は常に両手いっぱいの仕事を抱えていて、アレスが忙しい任務の合間を縫ってわざわざこの屋敷まで訪ねてきた時も、一言二言話して終わることも多かった。

また王都の騎士であるアレスも、戦後大量に出た殉職者の分まで働かねばならず、いつまでもこの屋敷にいるわけにはいかなかった。

二人は結婚から二年近く経った今も、この鉄格子のある部屋で一、二週に一度、束の間の面会を続けている。なぜ鉄格子越しかというと、別居婚に痺《しび》れを切らしたアレスがリオノーラを攫《さら》うかもしれないと、彼女の父親が心配したからである。

「仕事が大事だというのも分かる。でも、人の命は失われたら二度と戻らない」

「レイラ……」

「後悔だけはするなよ、リオ」

レイラの言葉に、リオノーラは下唇を噛んだ。

本音を言えば、彼女はアレスのもとに行きたいと思っている。アレスのことが心配だからだ。でも、自分が彼のもとへ行っても、何もできないんじゃないかとも思っている。

リオノーラは、アレスがなぜ自分との結婚を望んだのか、本当の理由を理解できないでいた。

二人の出会いは約十五年前に遡《さかのぼ》る。父親同士が士官学校時代からの友人で、その繋がりで交流があった。お互い年齢も近く、昔馴染《なじ》みの友人としての付き合いはあったが、二人の関係はそれだけだ。将来を誓い合ってもいない。

たまにアレスから好意の言葉は伝えられたが、裕福な貴族家の一人娘であるリオノーラの婿になりたがる男は多く、好意の言葉は挨拶のようなものだと思っている。

リオノーラはまたひとつ、飴色の丸い菓子を手に取った。残りひとつになってしまったそれを噛みしめるように食べる。砂糖とバターをたっぷり使って煮込まれたリンゴは、噛むたびに濃厚な甘みが口の中いっぱいに広がる。

長方形の箱に十個詰められていたひと口タルトタタンは、あっという間になくなってしまった。

リオノーラは空になった箱を見つめ、いつも王都で人気の菓子を届けてくれる物静かな青年の姿を思い浮かべる。

彼は元々おとなしい性格だったが、宗西戦争後は、それに輪をかけて覇気のない人間になってしまった。原因は分かっている。彼は戦果を上げるために、無茶をしたのだ。

アレスは三日三晩どころか、五日五晩無休で戦えると謳《うた》われる薬、通称「戦神の薬」を使い、宗西戦争で前人未到の戦果を上げたと、新聞に書かれていた。

なお、この戦神の薬はアレスの父アーガス・デリングが開発したものだ。アーガスは王家公認の薬師《くすし》で、自領だけでなく属国の南方地域や、アレスが宗西戦争の褒賞で得た西の帝国の土地にも薬畑を作り、莫大な富を得ている。

アレスは父親が作った薬が原因で、心身を病んでいるのではないかとレイラは言っていた。

レイラ曰く、戦神の薬は確かな効果があるが、その分強い副作用があるらしい。

主な副作用は抑うつで、希死念慮を持つ者も少なくないらしい。また個人差はあるが、味覚障害や不眠症など生活の質を落とす副作用もあるとのこと。

現在レイラの実家がある村には、アレスの父アーガスが買い取り、族長であるレイラの父親に命じて作らせた薬畑が広がっている。戦神の薬のもととなるマカフミの葉もそこで作られる。実家の土地が薬畑に変えられたことで、レイラは薬に詳しいのだ。

命の前借りをするような薬を使い、無理やり戦果を上げてまで、アレスはなぜ自分との結婚を望んだのか。リオノーラはずっと考え続けていた。自分との結婚のために彼が病んでしまったと思うだけで、胸の奥がぎゅっと締め付けられる。

「……アレス様はどうして、私との結婚を望んだのでしょうね」

「そりゃ、リオのことが好きだからだろう」

「建前は、そうだけど」

いつも淡々としているアレスの秀麗な顔を思い浮かべる。リオノーラは大貴族ティンエルジュ家の令嬢だが、姿形は平凡だ。

胸が特別豊満なわけでも、腰が細くくびれているわけでもない。背は低く、手足も短めだ。桃色のドレスに隠れた太腿はむっちりしている。端的に言えば、彼女は自分に自信がなかった。

すらりと背が高く涼やかな美男子であるアレスから、自分が好かれるはずなどないと本気で思っている。

「アレス様みたいに素敵な人が、私みたいなちんちくりんな女、本気で好きになるわけないじゃない。私が王都へ訪ねていっても迷惑じゃないかしら？」

「少ない休みの日に、馬を半日飛ばしてまで好きでもない女の顔をわざわざ見に来る男がどこにいる？　しかも婿殿は激務なんだぞ」

たびたび王都へ出向き、王立騎士団へ入り込んでいるティンエルジュ家の間者とやりとりするレイラは、アレスの任務内容にも詳しかった。

「それは、ティンエルジュ家の婿の立場を維持したいからじゃ……」

「婿の立場を維持？　このままじゃお前らは離縁だぞ」

「えっ」

離縁。リオノーラは長い睫毛《まつげ》をぱたぱた瞬《しばた》かせた。大きな瞳を揺らし、レイラに反論する。

「べ、別に一緒に住んでないからって、離縁には……」

「リオ、お前はまだ未通だろう？」

レイラのあけすけな言葉に、リオノーラは頬を赤く染め、「うっ」と言葉を詰まらせた。

「そ……そうだけど」

「この宗国じゃあ、王命だろうがなんだろうが二年間白い結婚が続いたら離縁だ。お館様が医者を呼んで未通証明書を書かせると言っていたぞ？　あと三ヶ月別居婚が続いたら、お前達は強制離縁だ」

お館様というのは、リオノーラの父親のことだ。ティンエルジュ領の領民達は、領主のことをそう呼んでいる。

「……！」

リオノーラは驚きの事実に声も出ない。

彼女は領主である父親の右腕として働いている。もちろん法にもそれなりに精通している。だが、今の今まで自分達に当てはめて考えることはしてこなかった。あえて考えないようにしていた、と言ったほうが正しいかもしれない。彼女は焦りの汗を額に滲《にじ》ませる。

いくつもの大国や地域に囲まれ、常に周囲からの侵略に神経を尖らせているこの宗国の婚姻制度は、他国と比べてもかなり柔軟だ。王族や大貴族の婚姻であっても、跡継ぎが作れない状態が二年続き、それが第三者によって証明できれば、離縁が可能だった。それだけ、跡継ぎを残すことを宗国は重要視しているのだろう。

飛ぶ鳥をも落とす勢いで戦争に勝ち続け、今や大陸の宗主国「宗国」となったこの国は、婚姻制度をあえて柔軟なものとすることで貴族家を存続しやすくしているのかもしれない。

だが、その宗国特有の婚姻制度のせいで、リオノーラは追い詰められていた。

「ど、どうしましょう……！」

「婿殿は来週も来ると言っていたから、鉄格子越しにまぐわうしかないな」

レイラは厳しい顔を崩し、にやにやしている。この屈強で大柄な女従者は、たまにキツすぎる冗談を言う傾向があった。もちろん、言われたリオノーラは顔を真っ赤にして激怒する。

「もうっ！　馬鹿なことを言わないでちょうだい！」

「ははは、悪い悪い。……だがな、離縁の危機にあるのは本当だぞ？」

「うっ、そうよね……」

「そこで私から提案がある」

レイラは赤い制服の内ポケットから、折り畳まれた羊皮紙を取り出した。四つ折りにされたそれを開き、リオノーラの目の前にかざす。しかしリオノーラにはそこに書かれた文書を読むことができなかった。使われている文字は宗国王都公用語だが、一見するとでたらめな文章が書かれていたからだ。

「何よこれ？　暗号？」

「ああ、婿殿の上官から預かったものだ」

「上官？」

「婿殿のことで話があるそうだ」

リオノーラは首を傾《かし》げる。アレスのことで話があるのなら、普通にそう書けばいいのにと思う。わざわざ暗号にする意味が分からない。

ちなみにこのメモは、レイラが先日王立騎士団と接触した際にアレスの上官本人から受け取ったものらしい。

「お館様にこのメモを見られたらまずいと思ったのだろうな。待ち合わせ日時と場所が書かれている。行くか？　リオ」

「時間はあるの？」

「リオの予定は調整してある」

すでに行くことになっているらしい。勝手に予定を決められたことにムッとしなくはないが、アレスのことは心配だ。直属の上官から話を聞けるのなら、それに越したことはないだろう。

「行くわ。アレス様が心配だもの」

菓子が入っていた長方形の箱を折り畳みながら、リオノーラは大きく頷《うなず》いた。

それから三日後、リオノーラは夜明け前にレイラと共に屋敷を出た。レイラが御する馬の背に跨《またが》り、昼前に宿場街に到着する。

今日はちょうど、彼女の父は隣接する属国である南方地域へ出掛けており留守だった。領主がいない時に自分までいなくなるのはどうかと思わなくもなかったが、それ以上にアレスのことが気がかりだった。ティンエルジュ家の屋敷と宿場街までは単騎で四時間ほど。アレスの上官から話を聞き、すぐに引き返せば夕刻には屋敷へと戻れる。

さて、とある宿の一室に、アレスの上官はいた。

アレスと同じ灰色の詰襟服を着ているが、袖の線は彼よりも一本多い。

「お初にお目にかかります、リオノーラ様。わたくしは宗国軍特務師団師団長補佐官らの長をしております、ラインハルト・ドゥ・ポルトワと申します。今は宗国の貴族家に入っておりますが、生まれは南方地域でございます。本日はこのようなところまでご足労いただき、ありがとうございます」

はっきりと明るい声で挨拶をし、恭《うやうや》しく腰を折ったその男は、リオノーラを見つめると糸のように細い目をさらに細めた。

南方人らしく背はそれなりに高いが身体の線は細く、一見すると騎士に見えない。黒髪を後ろにきっちり撫でつけ、口の上には細く整えられた黒髭を蓄《たくわ》えている。年齢は三十をいくつか過ぎていそうだ。

ラインハルトは自ら南方人だと言ったが、彼は一目でそうと分かる様相をしている。

宗国人と南方人とでは外見がかなり異なる。宗国人はリオノーラのように、寒色の瞳に茶髪や金髪など明るい色の髪を持ち、体格は小柄な者が多い。

一方南方人は目の前のラインハルトやレイラのように黒髪に黒い瞳を持つ者が多く、皆総じて長身だ。

そして南方人の、特に戦闘部族と呼ばれている者達は独自の戦う術をもっていた。恵まれた体格と戦闘技術を生かすため、南方地域から宗国へ移住し、王立騎士団に入る者も少なくないと聞く。

もっとも、南方地域が宗国との戦争に負け、属国となって三十年になる。アレスのような混血の人間も年々増えているので、両方の人種の特徴を持つ人間も珍しくないが。

「はじめまして。リオノーラ・フォン・ティンエルジュと申します」

続いてリオノーラも片方の足を引いて膝を曲げ、形ばかりの淑女の挨拶をする。彼女は馬に跨《また》がるため、ズボン姿だった。ズボンに合わせて上もごわついた生成《きな》りのシャツを着ている。邪魔にならないよう、癖のある髪は首の後ろで一本にまとめた。

「夫がいつもお世話になっております」

「いえいえ、世話になっているのは私のほうですよ。今日もアレスは私の代わりに王城の軍議に出ておりますから。彼はとても真面目で優秀でね、戦働きも机仕事も人の十倍はやりますよ」

直属の上官からの評に、リオノーラはなんとも言えない気持ちになった。アレスの顔色が常に悪いのは、戦神の薬の影響もあるだろうが、過剰労働が原因ではないかと踏んでいる。

ラインハルトはよく喋《しゃべ》る男だった。アレスがいかに真面目で、有能な部下であるかを雄弁に語る。

リオノーラはラインハルトの言葉に相槌を打ちながら、この男になんとなく嫌なものを感じていた。

……かつてティンエルジュ家で雇っていた家令と似たものを感じたからかもしれない。

リオノーラの母は、約十五年前に家令に連れられて屋敷を出て、現在は宗国の後宮にいる。その家令——母を連れ去った男が、ラインハルトのように堂々とした物言いをする男だったのだ。

（……よく喋《しゃべ》る方だわ）

その後もラインハルトはアレスがいかに大切な部下であるかを語り、続けてアレスと共に困難な任務を乗り越えた話をする。ラインハルトの語り口は巧みで、リオノーラは相槌を打ちながら眉尻を下げた。

「それは大変でしたね……」

「……ええ、だからこそ、私はアレスを失いたくない。私は西の帝国戦後、二人の補佐官と三十人の一般兵の部下を弔《とむら》いました。リオノーラ様は戦後、精神的な病で自死する騎士や一般兵が多く出たことをご存知ですか？」

「ええ」

ラインハルトは時間がないと言わんばかりに矢継ぎ早に話す。実際、時間はないのだろう。アレスは特務師団の師団長補佐官をしているが、いつも忙しそうだ。その補佐官の長たる彼もわずかな時間を縫ってここに来ているのは想像に難くない。

「アレスも危ないかもしれません」

「危ないとは？」

「百聞は一見にしかず、と言います。このまま王都まで来ていただけませんか？」

ラインハルトの突然の提案に、リオノーラはとっさに隣のレイラに視線を送った。今は昼前。今からこの宿を出れば夕刻には王都へ着くが、王都から今日中にティンエルジュの屋敷へ戻るのは難しい。なるべくなら、女だけで夜道を単騎で走るのは避けたいところだ。

「婿殿を見捨てるのか、リオ」

リオノーラの迷いを悟ったレイラの言葉は厳しい。異父弟のアレスのことを心配しているのだろう。

レイラは口調は厳しいが、根は優しい女性だ。部族長である母親が一族を困窮から救うために宗国貴族アーガス・デリングから大金を積まれて産んだ、という複雑な出自を持つ弟であっても、真剣に心配している――その想いがリオノーラには痛いほど伝わってきた。

実はリオノーラにも父親違いの弟がいる。家令に連れられてティンエルジュ家を出た母は、その後後宮で王子となる男児を産んだ。直接会ったことはないが、弟に何かあったらきっと心配すると思う。

（でも、お父様に何も言わずに出てきてしまったし。どうしましょう……）

それに、まだ今日中に片付けなければならない書類は屋敷にいくらでもある。自分の役目は放棄できないという考えと、アレスへの想いがリオノーラの中でせめぎ合う。

瞼《まぶた》を閉じて深呼吸し、リオノーラは自分がどうするのか、答えを出した。

「……王都へ参ります」

リオノーラの頭の中は大いに混乱していたが、口から出た言葉は、ここから引き返すのではなく王都へ向かうという選択だった。三日前に会ったアレスの様子を思い浮かべ、もうこれ以上彼を放っておくことはできないと判断した。

魂が抜け落ちたようなあの目。光を映していないガラス玉のようなアレスの瞳を見るたびに不安になった。言葉は発しているし、足取りもちゃんとしていたが、いつ消えてしまってもおかしくないような儚《はかな》さをずっと彼から感じていた。

「リオ、ありがとう」

リオノーラの決断に、いつも男まさりなレイラがぱっと表情を明るくさせ、しおらしく礼を言う。

「お礼なんていいのよ」

このまま屋敷に戻ったら、きっと後悔することになる。多忙を極めているであろう特務師団の補佐官の長が、わざわざ部下の妻へ暗号書を書いたのだ。これはもうどう考えてもただごとではない。

リオノーラはざわつく胸を押さえる。三日前に会ったばかりだが、無性に今、アレスに会いたいと思った。


レイラが御する馬に再び跨《またが》ったリオノーラは、アレスのことを考えていた。

（結婚する前は、こうじゃなかったのに……）

今でこそ鉄格子越しに一言二言交わすだけだが、結婚前は鉄格子のないところで二人きりで会っていたこともある。騎士になった十六歳頃から急激に身長が伸び始めたアレスのために、裁縫が得意なリオノーラがシャツを仕立てることさえあったのだ。

（……あの頃は楽しかったわ）

リオノーラは人より背が低い。採寸をするためには踏み台へ上がる必要があったのだが、踏み台の上だと、いつもは見下ろされる自分が見下ろす側になれることが愉快でたまらず、アレスの肩に背後から抱きついたこともあった。

いつも淡々としていて動じることのないアレスが、その時ばかりはびくりと肩を震わせ、深緑色の目を大きく見開きながら振り返り、眉尻を下げてこちらを見上げるのだ。

『リオノーラ、踏み台の上でふざけるのはやめてください。落ちたらどうするのですか？』

今でも、目を閉じれば、自分を窘《たしな》めるアレスの戸惑ったような声が聞こえてくる。

（……また、アレス様とあんな関係になれるかしら？）

恋仲ではないが、お互いを子どもの頃から知っているがゆえの気安い関係。結婚してその関係を失ってから、心に隙間風が吹いている。

新婚当初に求婚そのものについて揉《も》めたことを考えると今の関係だって悪くはないのだが、結婚前の関係を思うと、随分と距離ができてしまったように感じる。

（私のせいよね……）

父親の命令とはいえ、この一年と九ヶ月の間、鉄格子越しにしか会わなかったのだ。

二人の間に距離ができて当然だ。

（……アレス様はずっと私のもとに通い続けてくれたのに、私はアレス様のことを見ようとしなかったわ）

リオノーラは領の仕事にかまけて、アレスのことをあえて考えないようにしてきた。

だが、とうとう彼と向き合わなくてはならない時が来たのだ。

ラインハルトの案内で、リオノーラとレイラがアレスの暮らす王立騎士団の寮に着いたのは、日が沈みかける頃。

リオノーラは足腰をがくがくさせながら馬上から下りた。今日は一日馬の背に跨《また》がりっぱなしだった。身分を隠すためとはいえズボンを穿いてきて正解だったと、彼女は硬い布地についた砂粒やゴミを手で払いながら思う。

「リオ、大丈夫か？」

「平気よ、これぐらい」

平気ではないが、気張って笑顔を見せる。

「さすがティンエルジュ侯の娘様でございますね。健脚であられる」

「そんなことありませんわ」

リオノーラの気丈さに、ラインハルトも口の端を上げた。そもそもこの国では、馬に乗れる令嬢は少数派だ。いても騎士志望の下級貴族の娘ぐらいだろう。リオノーラは色々な意味で規格外な令嬢だった。父である侯爵も、単騎でよく領内を走り回っている。貴族らしくないと王都でも有名らしい。

「さあ、ここがアレスが暮らす部屋です」

堂々と不法侵入しようとしているラインハルトに、リオノーラは眉を顰《ひそ》める。

「……勝手に入ってもよろしいのですか？」

「ええ。彼は今日、ここへは戻ってきませんから」

ラインハルトに連れられてやってきた建物は、二階建ての四角い戸建住居だった。まだ建てられて何年も経っていないらしく、外壁塗料の臭いが少しだけする。周囲にも似たような建物が立ち並んでいた。

所属する師団にもよるが、王立騎士団の補佐官以上の騎士は将校と呼ばれていて、住居などあらゆる面で優遇されているらしい。そしてその将校らには、戸建の寮が提供されている。しかし一人で住んでいるのはアレスだけだとラインハルトは言う。

「将校になっても単身でいるのは少数派ですからね。妻帯者のために広めの寮が提供されるのです」

単身、という言葉がリオノーラの胸に突き刺さる。自分達は結婚後、それが当たり前であるかのように別居した。リオノーラは自領の仕事を多く抱えていて実家の屋敷を出るのが難しく、またアレスも戦後処理でたびたび西の帝国に出向いていた。

新婚当時は同居できるような状態ではなかったのだ。

宗西戦争終結から二年半が経過した今、戦後処理は落ち着いているようだが、二人はリオノーラの父の反対もあり、完全に同居のタイミングを失っていた。

さらにその父の命令で、たまの面会も鉄格子越しだ。あの状態ではアレスも「同居しよう」とは言い出せなかったのだろうと容易に想像がつく。何せ、あの場には兵長のレイラを含めた私設兵達もずらりと立ち並んでいるのだから。

家の錠が外され、ラインハルトに続いて恐る恐る中へ入る。

室内の様子を捉えたリオノーラは首を巡らせた。ふと違和感を覚える。

「……ここ、人が住んでいるのですか？」

ラインハルトが手元灯を点けると、あたりに柔らかな光が広がった。

「生活感ないでしょう？　アレスは騎士団の詰所で寝泊まりしていて、ここへはほとんど帰っていないみたいなので」

リオノーラの言葉に、ラインハルトは苦笑いする。

玄関を入ってすぐ隣にある炊事場の、調理台の上には台拭きひとつ置かれていない。寝室らしき部屋の前の隅には、新品の布団やシーツがいくつも重ねて置かれていた。騎士は仕事柄負傷することも少なくない。ベッドは汚れがちなため、あらかじめ寝具はたくさん支給されているのだという。

「ここに女の子の一人でも連れ込めば、少しは気が紛れたんでしょうけれど、あいつは岩のように堅物でね。私や同僚がいくら娼館へ誘っても断るのです」

ラインハルトは軽口を叩きながら、部屋の中央にあった四角いテーブルの端を掴み、ずずずっと音を立てて動かした。

彼が移動させたテーブルの下には、床下収納があった。

「リオノーラ様、覚悟はよろしいですか？」

そこに鍵がかかっていないことを確認したラインハルトが、リオノーラの顔を見上げる。

彼女は唇を真っ直ぐに引き結んだ。

「はい……」

ラインハルトが戸に手をかけ、一気に引き開ける。

生活感のまったくない室内。その床下には、アレスの惨《むご》たらしい日常の残骸が埋まっていた。

「これは……」

床下から出てきた麻袋の中身に、愕然《がくぜん》とする。酒瓶数本と、夥《おびただ》しい数の、針。透明の筒の先に針がついたものが山ほど出てきたのだ。優に百本以上はあるだろうか。

窓から差し込む夕日。橙色《だいだいいろ》に染まる室内で、その針の山は異様な存在感を放っていた。

アレスが負傷した兵の治療を行う衛生部隊所属ならば、床下から注射器が出てきてもさほど驚かなかったかもしれない。しかし彼の所属は特務師団。主な任務は諜報、そして暗殺だ。暗殺の際に毒物を用いることもあるかもしれないが、わざわざこの量の注射器を自宅には置かないだろう。

「……使用済みの物ばかりですな。リオノーラ様、見ての通り、アレス・デリングは薬物依存に陥っております」

「マカフミの葉と溶剤……戦神の薬か。最近使われた跡があるな」

薬の知識を持つレイラが、麻袋の中を検《あらた》めながらつぶやく。

アレスが薬物依存に陥っていると聞いても、リオノーラは驚かなかった。彼と同じような様子の若者を自領でも何人も見たし、宗西戦争から戻ってきた者の様子がおかしいとの報告は、屋敷にいくつも届いていたからだ。

「アレスは律儀にも、一度に使う容量をきっちり守っているようです。戦後二年半になりますが、彼が死なずに済んでいるのは、わざわざ目盛り付きの注射器を使っていたからでしょうな」

「この薬を打ち続けるとどうなるのですか……？」

「ろくなことにはなりません。しかし、無理にやめようとすると、ひどい離脱症状が出ると聞きます。アレスも離脱症状に耐えきれず、この薬を少しずつ使い続けたのでしょう」

胃に重たいものを感じる。この二年近くの間、アレスが少しずつ人間らしさを失っていることに気がついていたのに、家業の手伝いを理由に見て見ぬふりをしていた。

リオノーラは、いつもならケーキをホールごと食べても胃もたれひとつ起こさない強靭《きょうじん》な腹をさすった。己の腕に針を突き立てるアレスを思い浮かべるだけで、胃がキリキリと痛む。

「アレス様に、この薬をやめさせます……！」

リオノーラは嗚咽《おえつ》のような声を漏らす。彼女は責任を感じていた。

「ラインハルト殿、戦神の薬依存から脱する方法はあるのか？」

レイラが尋ねると、ラインハルトは「ふむ」と顎に手を当てる。

「う～～ん、そうですなぁ。離脱症状が気にならなくなるほど、他に楽しいことや夢中になれることがあれば、やめることもできるかと思いますが……。アレスの場合、唯一の趣味がリオノーラ様に会いに行くことですからね」

「えっ」

リオノーラは長い睫毛《まつげ》を瞬《しばた》かせ、己を指さした。

「私ですか？」

「アレスのリオノーラ様への惚れっぷりは、それはもうすごいものがありますから。どれだけ時間がなくても流行《はや》りの甘味を買いに行き、単騎でティンエルジュ領まで駆け抜けますからね。これで惚れていないと言ったら、私は恋がなんなのか分かりません」

「リオ、このまま婿殿と共にここで暮らせ。お館様には私から話しておく」

「ちょっ、ちょっと待って、レイラ！」

勝手にアレスと同居する話に転びそうになり、リオノーラは慌てる。

「私は……！　アレス様は軍病院へ入院したほうがいいと思うんですけど……」

山のような使用済みの注射器を見て、リオノーラはこれはもう自分の力ではどうにもならないと考えていた。薬物依存は本人に立ち直る気力がなければ、それを支える者ごと共倒れすると聞く。ここは専門家を頼るべきだ。

もちろん、できる限りアレスに手を差し伸べるつもりではいる。金銭援助や、人の手配など。

「お金や世話人の手配なら私がなんとか……」

「リオノーラ様」

「は、はい」

「今のアレスには希望がありません」

「希望……？」

「この二年半、数は少ないですが、戦神の薬依存から脱した人間を見てきました。子どもが産まれたとか、結婚が決まったとか、立ち直った者は将来に何かしらの希望を持っていました。一人者でも、自分なりの夢や目標を見つけて精一杯頑張っていましたよ」

ラインハルトは、リオノーラにアレスの希望になってほしいと言う。

「短い間だけでもいい。アレスと共に暮らしてはもらえませんか？」

「リオ、私からも頼む」

レイラもラインハルトも南方人だ。二人とも、半分は同郷の血を引くアレスを心配しているのだろう。特にレイラはアレスの異父姉弟だ。宗国貴族の父親と自分の母親との間に生まれた弟に、何か思うことがあってもおかしくない。

「……少し、だけなら」

「リオ！」

戸惑いながら紡《つむ》がれた返事に、レイラが感嘆の声をあげ、リオノーラを抱きしめる。

「苦しいわ、レイラ！」

「ありがとうリオ、お館様へは上手く言っておく」

「すみませんねえ、リオノーラ様。日用品や食べ物なんかは、後でウチの出入り商人に運ばせますので。この二階建て住宅は旧帝国の建築士が設計したもので、加熱機器や給湯設備があります。使用人がいなくとも暮らしやすいかと。……あ、アレスの有休届けは私のサインを入れてひと月先まで出しておくので、しばらくここで新婚生活を満喫してくださいね」

リオノーラがアレスとの同居を承諾した途端、ラインハルトの心痛な面持ちは一転し、にっこり笑みを浮かべた。

（すぐに表情が変わったわね、ラインハルト様……）

ラインハルトの手配は妙にスムーズだった。最初から自分とアレスと同居させるつもりだったのではないか。何か裏があるのではないか。そう一瞬は勘ぐったが、アレスとの同居を決めたことをレイラがものすごく喜んでくれたので、「まぁいいか」とこの場は流してしまった。

◆◇◆

仕事を終えた朝、アレスは寮の自宅へと戻ってきた。

部屋の扉の鍵を開けようとして、ふと違和感に気がつく。普段はしないはずの食べ物の匂いが、窓から漂ってきていたからだ。

玉ねぎが煮える美味そうな匂いがする。賊にでも入られたかと思ったが、そもそも盗人が悠長に何かが煮える匂いをさせるはずがない。

一応警戒はしつつも、彼はゆっくり錠を外した。

開けた扉の先にはなんと、人がいた。一歩、後ずさる。

アレスの眼前には、ここにいるはずのない女が町娘のような三角巾を頭に被り、エプロンドレスを身に着け、頬を染めてなにやらもじもじしていた。栗色の艶《つや》やかな巻き毛に、零れ落ちそうなほど大きな青い瞳のちんまりとした存在に、彼の目が点になる。

「おかえりなさいませ、アレス様！　お食事にされますか？　それともお風呂？　あ、わ、私でも大丈夫ですけれど……！」

昨日一日、アレスは王城内を駆けずり回っていた。

近衛師団や軍司令部、衛生部隊のそれぞれの軍議に特務師団の代表者として呼ばれ、演台へ立った。人前で話すのは得意でも苦手でもないが、さすがに一日に三つの軍議を掛け持ちするのはきつい。どうせこちらが語ることはほとんど同じなのだから、まとめてやらせてくれと何度思ったことか。

面倒な仕事を押しつけてくれた直属の上官ラインハルトの顔が浮かび、心の中で舌打ちしながらもなんとかこなした。

軍議の報告書もその日の内に書いて王城内にある監査部へ提出せねばならず、一人で黙々と報告書を作った。

大変そうな自分を見兼ねて監査部の事務官が手伝うと申し出てくれたが、その事務官が子どもが生まれたばかりだと雑談しているところをつい数日前に見てしまっていたので断った。事務官の妻は事務官の帰りを心待ちにしていることだろう。他人の家庭を自分のせいで壊したくなかった。

倒れそうになりながら詰所に戻ったのは深夜。詰所から寮までは目と鼻の先だったが、わざわざ帰るのも面倒で、いつも通り詰所でシャワーを浴び仮眠室で寝て、朝になってようやく今、帰宅したのだ。

端的に言えば、アレスは疲労のピークだった。

「リオノーラの幻を見てしまうとは……」

「えっ、まぼろし？　アレス様、私は幻ではありませんよ？」

アレスは額に手を当て、天を仰ぐ。

深く息を吐いてもう一度視線を戻すが、やはりティンエルジュの屋敷にいるはずの妻がそこにいた。なぜか市井《しせい》の娘のようなエプロンドレスを着ている。現実を受け入れ、アレスの切れ長の目尻が吊り上がった。

「……リオノーラ、なぜこのようなところにいるのです」

「なぜって……」

「まさか勝手に屋敷から出てきたのですか？　ティンエルジュ侯の許しは？　レイラさんもここにいるのですか？」

くっきり隈《くま》が浮いた目でリオノーラを見下ろし、アレスは淡々と詰問する。

疲れていた彼は混乱状態に陥っていた。

二年近くも別居していて、しかも鉄格子越しにしか会えなかった妻がいきなり自分の部屋に現れたのだ。混乱のあまり、つい、厳しい口調でリオノーラに詰め寄ってしまった。

「ごめんなさい……突然来てしまって」

エプロンドレスの裾をぎゅっと握り、リオノーラが俯《うつむ》く。その目尻にじわりと浮かんだ涙に、アレスは大いに慌てた。

「すみません！　怒ってないですから、どうか泣かないでください！」

「……本当ですか？　良かったあ！　あ、立ち話もあれですから、お部屋へ入ってください！　私、温かいスープを作ったんですよ。良かったら召し上がってくださいね！」

「えっ、は？　スープ？」

リオノーラが玄関に立ち尽くしたままのアレスの騎士服の裾を掴み、ぐいぐい引っ張る。

怒っていないとの言葉を聞き、彼女は一転して安心したように満面の笑みを浮かべている。

逆にアレスはというと、額に冷や汗を浮かべていた。どんなに厳しい戦場でも、過酷な任務でも、眉ひとつ動かさない冷静沈着な彼が、女一人に振り回されている。そもそも、鍵をかけていたはずの留守宅に勝手に入られているのだが、指摘できていない。

玄関から入ってすぐのところある調理台の上には、リオノーラが作ったらしいスープの鍋が見える。

「手を洗って着替えてきてください。お食事にしましょう？」


突然やってきた妻を現実と受け入れ、ひと呼吸ついた後。

「有休……？　しかもひと月も……？」

上官ラインハルトのサインが入った書類の控えに、アレスは何度も何度も視線を上下に走らせる。

特務師団の配属になって早七年。暗殺部隊長から師団長補佐官に昇格してから約二年、彼は初めて有給休暇を取得した。いや、取得できたと言ったほうが正しいかもしれない。

ラインハルトは補佐長という立場にありながら、誰にも何も告げず勝手に消えることがしばしばあり、そのたびに、放棄された彼の仕事をアレスがこなしていた。定休を取るのが精一杯で、「有給休暇」という単語すらアレスの中から抜け落ちていた。

「ええ、アレス様はずっと休んでいなかったでしょう？　ラインハルト様がお休みをくださったのですよ」

「いや、急に休めと言われても……」

特務師団の師団長補佐官という、ばりばりの中間管理職者であるアレスのスケジュールはびっちり埋まっている。代理の者を立てるにせよ、じゃあ誰に代わりを頼めばいいのかパッと思い浮かばないぐらいには、特務師団は人手不足だった。

本来王都の騎士は三勤一休制なのだが、彼は騎士になってからずっと六勤一休で働いている。

詰所から消えがちなラインハルトのことを差し引いても、多感な十代半ばから過剰労働甚《はなは》だしい職場でしか働いたことのないアレスに、休むという概念は希薄だ。国のため主君のために、どれだけ辛く汚い仕事であっても進んで行うのが騎士だというのが、彼の信条なのである。

「……無理です」

アレスは眉の間を窪《くぼ》ませ、奥歯を噛みしめて唸《うな》るように言う。

「ええっ、そうなんですか？　私、アレス様とここで楽しく過ごすために来たのですけれど」

「絶対に休みます。もう仕事しません！」

しかし、眉尻を下げるリオノーラを見て、アレスは即座に今までの信念を捻《ね》じ曲げた。

どれだけ仕事が忙しくても、半日休まず単騎を飛ばして会いに行くほどの妻が目の前にいる。いくら岩のような堅物と言われている彼でも、二十代前半男子の持つ滾《たぎ》るような性欲には敵わなかった。

心身ともに疲れ切っている状態。いつもはしない女性の甘い匂いでいっぱいの部屋。楽しく過ごすってどういうことだろうと、本能が期待した……と、同時に疑念が湧く。

（……結婚してから一年九ケ月もの間、同居の『ど』の字すら口にしたことがなかったリオノーラがなぜ急に？　もしやティンエルジュ侯と何かあったのでは？　……いいや、気まぐれでもなんでもいい！）

アレスの頭の中に、ツンツンした金髪に青い目の、やたらと声が大きくて軟派な部下の顔が浮かぶ。そいつの首に刃のひとつでも押し当てて、何がなんでも仕事を押し付けよう。瞬時にそう算段した。

彼はシリアスな外見と口調とは裏腹に、中身はそれなりに年相応の青年だった。

◆◇◆

そんなこんなで、二人の同居生活は始まった。

アレスが自分を受け入れてくれるかどうか不安だったが、リオノーラが想像していたよりもすんなりと、彼は同居することに同意した。

「ティンエルジュ侯と何があったのかは聞きません。落ち着いたら帰りましょうね、俺も一緒に行きますから」

アレスの目が優しげに細められる。

どうやらアレスは、リオノーラが父親と大喧嘩し、当てつけのためにここに来たのだと思っているらしい。一ヶ月間もの有給休暇を事前に取り付けてきたのも、自分に護衛兼世話係をさせるためだと脳内補完しているようだった。

「……突然すみません、アレス様。どうぞよろしくお願いいたします」

そんな誤解が生じたのは、リオノーラがここへ来た理由を特に何も言わなかったからだ。アレスと楽しく過ごすため、と言ったが、それだけだ。

リオノーラはレイラやラインハルトからとある助言を受けていた。「看病のために来た」とは言うな、と。彼女自身、アレスに真の目的を告げるつもりはなかった。アレスの戦神の薬依存を知った経緯を彼に話さなければならなくなるからだ。さすがに留守中に床下収納を勝手に漁《あさ》ったなどとは言いたくない。不法侵入しただけでも、アウトなのに。

「後で必要なものを買いに行きましょうか。俺はここにほとんど戻っていないので、部屋に何もないんですよね」

「はい！」

アレスの看病のために王都へ来たリオノーラだったが、彼女はこれから始まる新生活に胸を躍らせていた。アレスが思いのほかあっさり同居に同意してくれたのもある。もっと渋ったり嫌そうな顔をされる覚悟をしていたのだ。

結婚後、一年九ヶ月もの間別居していたとは思えないほど、二人の同居生活はスムーズに始まったかに見えた。が、お互い両手に抱えきれないほどの役目を負っている身。易々と蜜月を過ごすことはできなかった。

リオノーラが王都へ来て今日で五日目になる。

町娘のように頭に三角巾をつけ、前あきのない丸首シャツにボディスを合わせ、ごわついた生地のロングスカートの上からエプロンをつけた彼女は勝手口でしゃがみ込み、野菜の皮むきをしていた。

彼女はティンエルジュ侯爵家の歴とした令嬢だが、万年人手不足の田舎で育った影響で、ひと通りの家事ができる。ティンエルジュ侯爵家は自領の警護に力を入れていて私設兵の数は多いのだが、その分使用人などの内勤者の数は限られている。そのため、リオノーラは幼い頃から食事作りや洗濯、掃除を使用人に交じってやっていたのだ。アレスからの菓子の差し入れを、手づかみで食べていたのも洗い物を少しでも減らすためだった。

今夜のメニューは根菜のシチューとえん麦を使った魚フライ、それに買い置きしてある塩パンをつける予定だ。アレスが暮らす将校用の寮は西の帝国の建築士が設計した最新鋭の二階建て住宅で、加熱機器や給湯設備が備わっている。わざわざ火起こしをしなくても加熱調理ができ、湯も使えた。設備が整っていることもあり、もともと家事能力があったリオノーラは問題なく、炊事ができていた。

リオノーラは芋の皮むきが終わると「よいしょ」と立ち上がり、つま先立ちになって扉の窓から室内を覗《のぞ》く。中にはアレスともう一人、若い男の姿が見えた。

ツンツンした短い金髪に青い目をした体格の良い青年だ。美形ではないが、目がくりっと大きく愛嬌のある顔立ちをしている。気安く声をかけやすい雰囲気で、いかにもモテそうだ。扉越しに金髪の男の声が聞こえてきた。

「ひどい！　アレスさん！　オレに全部仕事を押し付けて！」

「はいはい」

「有休を取るなとは言いませんけど、いきなり一ヶ月間も取るなんてひどいです！　鬼！　悪魔！」

「だから書類仕事だけでも手伝っているだろうが。大きな声を出すな、ドグラ」

アレスの部下、ドグラ。王都でも有名な大商家ティッツァーノ商会の次男坊だが、娼婦に入れ込み、家の金を使い込んだことで両親や兄の逆鱗《げきりん》に触れ、王立騎士団の中でももっとも業務がきつい特務師団へ投げ込まれたのだと、アレスが呆れたように言っていた。

ドグラは他の騎士達同様、灰色の詰襟服を着ているが、職は騎士ではなく『骨拾い』。他国では従者と呼ばれることが多いが、主に騎士の荷物持ちや、騎士が討ち取った大将首の処理を行う。『骨拾い』は王立騎士団特有の仕事で、名は大将首を拾うことに由来する。

ドグラは宗西戦争時、アレスとペアを組んでいた。アレスが討ち取った百以上の敵将校や王族の首は彼が処理して運んだのだそう。

「あ、リオノーラ様、お疲れ様っす！」

「ドグラ様、お疲れ様です。今、お茶を淹《い》れますね」

「すんません！」

部屋に入ってきたリオノーラに気がついたドグラが、人のよさそうな笑みを浮かべながら、ぺこぺこと頭を下げる。

幼少期に母親を家令に連れ去られた一件から、リオノーラはあまり男性が得意ではないが、なぜかこのドグラのことはそんなに嫌でもないなと思っている。彼には商家出身らしい人懐っこさがあるからかもしれない。リオノーラは領主である父親の仕事を手伝っている絡みで、商人とは頻繁にやりとりしていた。商人に馴染《なじ》みがあるのだ。

「いや〜〜。ティンエルジュ侯爵家のリオノーラ様がこんなにもお可愛らしい方だったとは！　そりゃあアレスさんも宗西戦争で鬼神のごとく剣を振るうわけですよ！」

紅茶が入ったカップを出すリオノーラに、へっへっと笑いながら揉《も》み手をし、世辞を言うその姿は商人のそれにしか見えない。

ドグラの軽口に、アレスが眉間に皺《しわ》を寄せる。

「ドグラ、用が済んだのなら帰れ」

「ひどい！　アレスさん！」

「ドグラ様、良かったらお夕食を食べていってくださいね」

アレスはドグラにすげなく「帰れ」と言ったが、リオノーラは自分達の都合で仕事を押し付けてしまった彼を不憫に思い、せめてもと夕食に誘った。

「お、いいんですか？　悪いなァ〜、ははっ！」

アレスと同居を始めて早五日。夕刻になるとドグラを始め、毎日誰かしらが訪ねてくる。有給休暇中のはずのアレスが休めていないことは気がかりだが、自分の知らない彼のことを訪問者から聞くことができるので、これはこれでいいなとリオノーラは思っている。

それに、他にも利点はある。アレスはあまり食べない。シチューやスープを作っても余ってしまうので、たくさん食べてくれる王立騎士団関係者の来訪は正直ありがたいのだ。

「アレスさん、いいなぁ……。可愛くて料理が上手い奥さんがいて。リオノーラ様もすごいですよねぇ、大貴族家のお嬢様なのに炊事が得意だなんて」

「ふふっ、ドグラ様、たくさん召し上がってくださいね」

がつがつと食べ、シチューの皿をあっという間に空にするドグラに対し、アレスはお上品に少しずつスプーンで掬《すく》い、口へ運んでいく。彼の食べ方はお手本のように綺麗だが、食が進んでいないのは明らかだ。

賑やかに食事を終え、書類を抱えたドグラは元気良く帰っていった。

「毎日毎日すみません……」

ドグラという嵐が過ぎ去った後のダイニングを片付けながら、アレスが俯《うつむ》く。食事の後片付けは彼の役目だ。

「気にしないでください。楽しいですから！」

ティンエルジュの屋敷とはまったく違う生活。リオノーラは約二十年間、自領からほとんど出たことがない。王都へ来たことも年に数えるほどしかなかった。

二階建ての戸建で、アレスと二人きりで過ごす生活は小さな驚きの連続だった。二人で話し合い、家事を分担しながら暮らす日々はささやかながらとても楽しい。

アレスはとても手先が器用で、炊事場が使いやすくなるよう、調味料を置くための収納棚を作ってくれたり、調理道具をぶら下げられるようなフックを壁に取り付けてくれた。

今のところ本来の目的である看病らしい看病は何もしていないので、自分がここにいる意味はあるのだろうかと思わなくもなかったが、アレスと一緒にいられるだけで今までにないほど心が浮かれた。

「せっかく王都へいらしたのですから、色々なところへご案内できれば良かったのですが……」

「そ、そんなの、大丈夫です！　それに私はアレス様と一緒にいられるだけで楽しいので、充分です！」

心からの言葉だった。この五日間、同じ家で共に寝起きして、同じものを食べる。二人の間を隔てるものは何もない。手を伸ばせば触れ合える距離にアレスがいると思うだけで、リオノーラは嬉しかったのだ。

結婚前の気安い幼馴染《おさななじみ》の関係に戻れたような気がする。

「そうですか。来週になれば、仕事も落ち着くと思います。王都をご案内しますので、行きたいところやしたいことがあったら遠慮なく仰ってくださいね」

隣でふっと柔らかく微笑むアレスに、頬が熱くなり、胸の奥が痛む。いや、こんなはずではなかったのだ。リオノーラはもっと、自分が労して彼の世話をするつもりでいた。

「……アレス様、体調は大丈夫ですか？　ご気分は？」

「？　別に普通ですが……」

この五日間、毎日繰り返している会話。実際、アレスは食は細いものの、そこそこ元気そうにしている。ティンエルジュの屋敷に来る時はもっと青い顔をしていたのにと拍子抜けしそうになるが、アレスは騎士である。顔に出さないようにしているだけかもしれないと思い直した。

夜になり、一人きりのベッドの中で、リオノーラは天井を見つめていた。

彼らが住む王立騎士団の寮は二階建ての戸建住居。一階のダイニングに隣接した寝室はリオノーラが一人で使っており、アレスは二階の書斎にある簡易ベッドで寝ている。

同居初日、当たり前のように寝室を分けようとするアレスに、リオノーラは共寝を申し出たのだが、「ベッドが狭いので別々に寝ましょう」とやんわり断られてしまったのだ。

同居を始めてから迎える五回目の夜。

今夜もリオノーラは一人でベッドに横になっている。別にベッドは狭くない。本来家族用である住居に備えつけられたベッドは、大人が二人寝転べるぐらいの余裕はある。

リオノーラは天井を睨《にら》みつける。彼女は二つの目的があってここへ来た。

ひとつは戦神の薬依存になっているであろうアレスの看病。

もうひとつは離縁回避のための性交渉だ。

リオノーラはこの五日間、ずっと考えていた。どうすればアレスと性交できるのかと。

このまま何もないと、父に強制離縁させられてしまう。

当初は、アレスによる無理やりとも言える結婚だった。

しかし今、リオノーラは離縁するのは嫌だと思っている。なぜ嫌なのかは上手く説明できない。とにかくこのままアレスと縁が切れてしまうのは辛いのだ。五日間という短い期間でも一緒に暮らし、情が生まれているのかもしれない。

自分から「性的なことがしたい」と言えればどれだけ楽だろうかと、リオノーラは布団を被って唸《うな》る。しかし、もしもアレスにその気がない場合を考えると、言えなかった。

頭から布団を被ったまま、自分の胸や腰まわりに手を這わせる。仰向けになった胸にはあまり膨らみを感じないのに、いつもドレスに隠れている下半身はむっちりしていた。この残酷な事実に気が重くなる。

買い物の帰り、たまにアレスの勤め先である王立騎士団の詰所の前を通るが、そこを出入りする南方人らしい女性騎士は、大層な美人だった。

すらりと伸びた長い手足、女性らしい曲線を描く肢体、艶《つや》やかで癖のない長い黒髪にリオノーラは嫉妬した。アレスはあんな南方美女を毎日のように目にしていたのだ。自分の相手なんかするはずもないと、卑屈になる。

リオノーラは甘いものが好きだが、実家では節制させられていた。淑女のドレスを着るには細い腰まわりが必須で、痩せていることが貴族のつとめだったからだ。

しかし、どれだけ頑張ってコルセットに入る痩せた身体を維持したところで、手足の短さはどうにもならない。下半身も、骨盤が大きいのか、尻が張り出している。医者は安産型だと褒めたが、そもそも自分に出産する機会がやってくるのだろうかと疑問に思う。

アレスが自分に性的な欲求など覚えることがあるのだろうか。

休日のたびに彼はティンエルジュの屋敷までわざわざ来てくれていたが、あれは真面目な彼が婿としての義務を果たしていただけで、惚れた腫れたは関係なかったのではないか。

もぞもぞと寝返りを打つ。

このままではいけない。でも、自分から誘う勇気も湧かない。

明日はレイラが来てくれる予定になっている。彼女に相談しようと、リオノーラはぎゅっと瞼《まぶた》を閉じた。

「はあ？　まだ婿殿と寝ていないのか？」

翌日の昼、レイラはトランクに書類を山ほど詰め込んでやってきた。

アレスは留守にしている。王城でどうしても外せない用事があると言い、早朝から騎士服を着て出掛けていったのだ。

「あれから何日経ったと思っている」

「う……」

「五歳の子どもでも口づけぐらいはしているぞ？」

その五歳の時にリオノーラはアレスと出会ったが、その時ももちろん口づけはしていない。手を繋いだことぐらいはあったかもしれないが。

「だいたいなんで別々の部屋で寝ているんだ？　お前らやる気ないだろ」

「う、うるさいわね！　色々あるのよ！」

この六日間、一緒に買い物をしたり家事をした。そもそもこんな長い時間、二人で一緒にいたことはなかった。特に結婚してからは鉄格子越しにしか会っていない。両者とも、一緒にいられるだけでいっぱいいっぱい。二人にとって、今が嬉し恥ずかし新婚期間なのである。

「こういうのは時間が経てば経つほど、しにくくなるぞ？」

「ううっ……」

「お互いの存在に慣れれば慣れるほど、興奮しなくなる」

「だって、だって」

「我が家特製の媚薬をやっただろ？　今夜にでも飲んで婿殿の身体に跨《また》がりに行け」

「でも……！　アレス様が私に興奮しなかったら……！」

リオノーラから見て、アレスに性欲があるとは思えないのだ。アレスはその辺の女性よりずっと綺麗な顔をしていて、あまり男性的なものを感じないのもあるかもしれない。

すらりと背は高いが、他の騎士みたいに筋骨隆々というわけでもなく、細身の体躯。髪も肌も、騎士とは思えないほど綺麗だ。

自分よりも遥かに見目麗しい存在に、リオノーラは尻込みしていた。

「……あまりもたもたしている時間はないぞ、リオ。お館様は、遅くとも三ケ月後にはティンエルジュへ戻れと言っていた」

レイラが胸の前で腕を組み、ふーっと息を吐き出す。

「さ、三ヶ月……⁉」

短すぎると、リオノーラは驚いた。

「この三ヶ月で絶対に身籠もるぐらいの勢いでヤらないと、まぁ離縁だろうな」

ほら、とレイラが小瓶と錠剤をリオノーラへ差し出す。どちらもレイラの実家の薬畑でとれる薬草をもとに作られた、まぐわうための道具だ。彼女はしぶしぶ、それらを受け取った。本当は道具なんて使いたくないが、できなかったら困るのでそっと懐に入れた。

下手に先走ってアレスに嫌われたらどうしようと、リオノーラは泣きたい気持ちでいっぱいになる。でも、性交できなければ二人はお別れだ。それだけは絶対に避けたい。

「ちゃんとトランクの決裁書類も見ておくんだぞ？　週明けに回収に来る」

「うん……」

「リオ、性交渉ぐらい誰でもやっている。特別なものだと思うな」

レイラにとって、アレスは父親違いとはいえ弟だ。それなのによくこんなにあけすけに言えるなあとリオノーラは思ったが、宗国人と南方人とではまた肉親に対する感覚が違うのかもしれない。

「……はぁ」

できればまだ、今の淡くて幸せな関係に浸っていたい。無理に一線を越えてしまったら、何かが駄目になってしまいそうな気がする。

リオノーラは答える代わりに、鼻をスンッと鳴らした。

「すごい量の書類ですね……」

朝から王城へ行っていたアレスは、夕刻に帰ってきた。書類の山に埋もれているリオノーラを見て、ぱちぱちと瞬《まばた》きする。

その書類の山の中で、リオノーラは半べそをかいていた。

「これ、来週までに全部決裁しなくちゃいけなくて」

「大変ですね、何かお手伝いできることがあったら仰ってください」

そう言いながら、アレスが倒れそうになっていた書類の山の形を慣れた様子でぽんぽんと整える。

リオノーラは瞬時に思った、この人は書類整理に長《た》けた人だろうと。

「アレス様、助けてください……！」

「ああ、泣かなくても大丈夫ですよ。手伝います」

相変わらずアレスは淡々としている。表情は乏しいし口数も少ないが、書類の内容を即座に理解し、的確に仕分けている。言い方は悪いが、これは使えるとリオノーラは思った。

「あ、ここ、数字が違いますね」

「ええっ、どこですか？　あ、本当……」

「他のものも間違っているといけないので、算盤《そろばん》を弾いて確認します」

「ありがとうございます！」

アレスは数字に強かった。山のように積まれた書類をすごい勢いで確認していく。聞けば、王立商工会議所簿記検定資格一級を持っているらしい。難関と言われる国家資格のひとつである。

「騎士なのに、簿記なんて必要なんですか?」

「特務師団では必要ですね。よその師団や部隊のように書類仕事をする事務官がいないので……」

特務師団には書類仕事をする事務官がいない。どのような組織でも会計報告は必要なはずで、その専任者がいないという事実だけでもリオノーラは震えあがった。

簿記資格を持つアレスが、有給休暇中でもまめに詰所へ顔を出しにいくはずである。

「それに……」

「それに?」

「簿記資格があれば、あなたの仕事を手伝えるかと思いまして」

いつもと同じ抑揚のない口調で、アレスはなんでもないことのように言う。

一方で、リオノーラは彼の健気さに悶絶していた。闇雲に「君を守る」と言われるよりも、現在進行形で困っていることを助けられたほうが遥かに胸に刺さる。

「あ、ありがとう、ございます」

かき消えてしまいそうな声量でリオノーラはもう一度お礼を言った。

言いながら焦る。こんなに意識していては、とてもではないがアレスの身体に跨《また》がれないと。

ふと顔を上げると、向かいに座る彼の真剣な面差しが目に入る。少し伸びた真っ直ぐな前髪を耳にかけ、算盤《そろばん》を弾いている。近くで見ると睫《まつ》毛《げ》が長いことが分かる。せめて彼がこんなに素敵な外見をしていなければ、もう少し気軽に攻めることができたのにと、リオノーラは心の中でぐぬぬと唸《うな》った。

夜。シャワーを浴びたリオノーラは、薄紫色をした小瓶を握りしめていた。レイラから貰った媚薬である。鋼鉄のような不感症でもアラ不思議、息を吹きかけられただけで身悶えてしまうような、すごい薬らしい。

アレスの前で痴態を晒したくないが、背に腹は代えられない。リオノーラは今年で二十一歳になるが、自慰すらほとんどしたことないような生粋《きっすい》の処女だった。

ためらいながらも脚を開き、錠剤型のローションを脚の間の隙間に押し込んでから、彼女はきゅぽんと音を立てて瓶のフタを開け、中身をぐっと飲み干した。

薄紫色の液体はややとろみがあり、不自然な甘みと、苦味をむりやり誤魔化したような嫌な後味がする。それをなんとか喉の奥へと流し込んだ。

「……美味しくない」

はあと息をつくと同時に、今までしていたシャワーの水音がぴたりとやむ。リオノーラは丸めていた背をピンと真っ直ぐ伸ばした。

王立騎士団が寮として提供しているこの二階建て住宅には給湯設備がある。個人宅でも湯が出るシャワーが使えた。今、アレスはそのシャワーを浴びていた。彼がシャワー室から出てきたところを、一階の自分のベッドへ引きずり込もうという算段だ。

（い、いよいよだわ……！）

リオノーラの胸が早鐘を打つ。

レイラから渡された前合わせの白い夜着の下には何も身につけていない。この白い夜着は初夜の日に着る特別なものらしい。脚の間に挿《い》れた錠剤型ローションが体温で蕩《とろ》け始めていて、太腿が少し濡れている。

がちゃりと音を立て、シャワー室に続く扉が開く。

アレスは乾いた布で濡れた髪を拭いながら出てきた。あたりに石鹸の清潔そうな匂いが漂う。彼は上下揃いのゆったりとした綿のシャツとズボンを身に着けていた。

「リオノーラ、そんな薄着をしていたら風邪をひきますよ？」

頭上から降る、至って落ち着いた正論。

リオノーラはアレスの淡々とした物言いに怖気づきそうになったが、拳をぎゅっと握りしめ、なんとか耐えた。頭の奥が痛いぐらい熱くなる。

「アレス様……」

「はい？」

「お願いが、あります！」

（なんだか身体がぽかぽかする……）

リオノーラは身体の奥底から湧き出てくるような熱を感じていた。媚薬の効果だろうか。熱を感じるだけでなく、口の中や脚の間など、粘膜が異様にむずむずする。

リオノーラは背後に隠していた小瓶を掲げて見せた。

「私はこれを飲みました」

「これ？　……ああ、媚薬ですか。確か解毒剤があったはずなので、少し待ってもらえますか？」

いやに落ち着きすぎているアレスの言葉に、リオノーラはバッと顔を上げる。どこの世界に、媚薬を飲んだと自己申告した女に解毒剤を処方する男がいるのだ。

信じられない。

ここは媚薬の熱が治まるまでまぐわうのが世界の常識だろうとリオノーラは歯噛みする。

すでに媚薬の効果が脳にまで回ってしまったリオノーラの思考は、普通ではなくなっていた。

「い、嫌です！　解毒剤なんか飲みません！　私はアレス様とまぐわいたくて媚薬を飲みました！」

がしりとアレスの腕を掴む。身体の火照《ほて》りを意識すると一層粘膜の疼きが増した。早くこの疼きをなんとかしてほしくて、彼女は恥をかなぐり捨てて目の前の男に縋《すが》った。

直接的すぎるリオノーラの言葉に、普段は人一倍冷静なアレスの瞳が揺れる。

「いやでも、これをひと瓶飲んだのですよね？　だとすると、解毒剤でないと難しいかと……」

「嫌です……っ！　解毒剤じゃなくて、アレス様になんとかしてもらいたいんです！」

「しかし……」

「ううっ、先っぽだけでもいいのでお願いします……！」

しつこいナンパ男のように、リオノーラは食い下がる。

こんなことになるなら、もっと早くアレスと一緒に暮らすなり、関係を深める努力をするなりしておけば良かった。

しかしもう、二人に残された期間は三ヶ月を切っている。最低でも身体の関係ぐらいは持っておかないと離縁待ったなしだ。

「リオノーラ、落ち着いてください。……まぁ、まずはベッドへ行きましょうか」

「性交してくれるんですか⁉」

「い……ええ、まあ」

リオノーラの真っ直ぐすぎる物言いに、アレスが頬を引き攣《つ》らせる。ムードはゼロどころかマイナスだが、とりあえず性交する流れにはなったらしい。

◆◇◆

ベッドに横たわった、ほんのり紅色に火照《ほて》った肌にアレスは息を呑む。

何がどうしてこうなったのか。自分がシャワーを浴びている間にリオノーラは媚薬を口にしていた。しかもひと瓶丸々である。

アレスは特務師団所属の騎士。主に諜報と暗殺を行う部隊で、薬品の類《たぐ》いにはそれなりに詳しい。あまり大きな声では言えないが、仕事で自白剤代わりに媚薬を使うこともあれば、逆に盛られることもあった。任務中にいかがわしい薬を飲まされた部下の解毒を何度かしたこともある。

リオノーラは解毒剤の使用を嫌がったが、ティンエルジュ領からほとんど出たことのない彼女はおそらく処女。快楽を与えて発散させようとしても、苦痛を感じるだけではないか。

普段から自慰をしていればまだいいが、脱ぎかけた前合わせの夜着から覗《のぞ》く胸の尖りも、脚の間にある陰核もまだ硬くなっている様子はない。明らかに無垢《むく》な身体だ。

「アレス様……」

とろんとした目で自分の名を呼ぶリオノーラに、アレスは極めて淡々と答える。

「大丈夫です、リオノーラ。俺は慣れていますから」

「えっ」

部下のドグラは軽率なところがあり、諜報活動中に媚薬を盛られてしまうことが割とある。なぜか媚薬を飲んだ人間は解毒剤の使用を非常に嫌がるので、本人に悟られないように仕込む必要があるのだ。つまり、アレスは媚薬によって欲情した人間の治療に慣れていた。

「俺は特務師団所属ですから。部下が諜報活動中に媚薬を盛られてしまうことはよくあるんですよ。俺がいつも治しています」

「そんなの……」

アレスはリオノーラを安心させようとしてそう言ったが、どうもリオノーラは別の意味で捉えたようだ。彼女の空色の瞳に、みるみる涙が浮かんでくる。

もちろん、アレスは性的な行為で部下の昂《たかぶ》りを慰めているわけではない。事務的に淡々と粘膜に解毒の薬を挿《い》れ、密室に放置するのみ。

「安心して身体を預けてください」

「ううっ、うぇっ、えっ」

嗚咽《おえつ》を漏らし始めたリオノーラの手を、アレスは慰めるようにぎゅっと握りしめた。

「リオノーラ、夜着を全部脱ぎましょうか。熱いでしょう」

動揺を悟られないよう、努めて落ち着いた声で語りかける。

彼は媚薬で興奮している人間を見るのは初めてではないが、相手は並々ならぬ感情を寄せているリオノーラである。

うっかり媚薬入りの酒を呑み、しなだれかかってきたドグラを頭に浮かべて己をなんとか萎《な》えさせようとする。

リオノーラの夜着の帯を引き抜き、身体の下から布を取り出す。露《あら》わになった真っ白な肢体。リオノーラが息を吐き出すたびに、膨らんだ胸が上下する。

顔が小さく腕も細いので痩せていると思っていたが、こうして見下ろすと、彼女は思いのほか健康的な身体をしていた。腰まわりも太腿もむっちりしている。痩せた女はアレスの好みではない。どちらかといえば、肉付きの良い身体が好みだ。

リオノーラの全身にくまなく視線を走らせたのち、彼は吸い寄せられるようにベッドに膝を乗せた。大人二人分の体重が乗ったまだ新品のベッドから、ぎしりと軋《きし》む音がする。

アレスの懐にはすでに媚薬の効果を打ち消す解毒剤があった。隙を見て戸棚から取り出したのだ。この錠剤をリオノーラの粘膜に挿《い》れれば、ことは済む。

しかし彼は、瞼《まぶた》を閉じて苦しげに息を吐く彼女の上に覆い被さった。視線の先には、桃色に色づく小さな唇がある。それは半開きになっていた。

アレスは面会の時、いつもリオノーラの唇が動くのを凝視していた。

はじめはただ愛らしいと思っていた。でも、今は。

「んっ……、ふぅっ！」

アレスは食いつくように、リオノーラの唇を自分の唇で覆う。

いきなり口を塞がれたリオノーラは一瞬目を見開いたが、すぐにぎゅっと瞼《まぶた》を閉じた。

口づけから逃れようとする彼女の細い手首を掴み、今度は口内へ舌をねじ込む。初めて感じる、温かく、柔らかな感触。綺麗に生え揃った歯の硬い感触が心地いい。夢中になって口内を貪《むさぼ》っていると、彼はふとあることに気がついた。彼女の唾液が甘い。

もう二年半も前になるが、アレスは父親が開発した薬――戦神の薬を使ってから、味覚があまり感じられなくなっていた。酸味や苦味は辛うじて分かるが、甘味の感覚は稀薄になった。

久しぶりに感じる甘味に、彼は没頭した。

「んーーっ、んんっ！」

リオノーラが自由なほうの手で、懸命にアレスの胸を押し返そうとする。まだまだ彼女の唾液を啜《すす》りたいと思ったが、唇を離した。口の他にも、まだ触れるべき場所はいくらでもある。

アレスはこの時、やってはいけないミスを犯していた。口づけである。まだリオノーラの口内に残っていた媚薬を、彼は舐《な》めとってしまったのだ。たった一滴だけでも興奮を呼び起こす薬。

アレスは子どもの頃から父親が開発した薬の実験台になっており、媚薬にももちろん耐性はあった。が、相手はどんな手を使ってでも妻にしたかったリオノーラである。この誘惑にだけは抗えない。

玉のような汗がリオノーラの細い首筋から滴《したた》り落ちる。彼女が出した体液を舐《な》めとろうと、アレスは顔を埋めてその薄い肌に舌を這わせた。

「ひっ……」

ひと舐《な》めするごとにリオノーラの小さな身体がびくりと震える。反応が返ってくるのが嬉しくて、アレスは彼女に解毒を施すのも忘れて夢中になってその肌に吸いついた。

紅い花を数個、淡雪のような肌に散らしたところで、ふと胸の尖りを見ると、そこはピンと硬く屹立《きつりつ》していた。自分の拙い愛撫に応えてくれたのかと、アレスは嬉しくなる。

ちゅぴりと水音を立てて、胸の膨らみの上にある、濃い紅色の尖りを口に含んだ。空いているほうの手でもうひとつの尖りを軽く摘み、捻《ひね》る。ほんの少し力を入れて胸の尖りを引っ張ると、リオノーラが甘い声を漏らして身体をよじった。

「あっ、あっ」

自分の腕の中にいる女を見て、なんて可愛らしいのかとアレスは思う。

一年と九ヶ月前に挙げた結婚式の後、リオノーラはすぐにティンエルジュ領へ帰ってしまい、初夜は叶わなかった。もしも自分が子爵の庶子ではなく、高位貴族の正妻から生まれた存在であったならば、あの結婚式の後すぐに彼女を抱くことができたのだろうか。もしかしたら今頃子どもの一人ぐらい授かっていたかもしれないと、そう考えただけで胸の奥が苦しくなる。

しかし現実としては、離縁まであと三ヶ月を切っている。

一ヶ月前、アレスはリオノーラの父親に一人呼び出され、彼女の次の婿が決まったと告げられた。

相手は名門ミリオノル侯爵家の次男ブラッドだという。ブラッドは正妻の子で、王立騎士団でも花形と謳《うた》われる近衛師団に所属している。

その衝撃の宣告以来、あまり眠れていない。服用している精神安定剤の種類が増えたのもその頃からだ。周囲から様子がおかしいと言われることも増えた。リオノーラと同居してからは精神的に安定しているが、いずれ来る彼女との別れを想像するだけで動悸がした。

離縁がほぼ決まっている妻を抱こうとしている。やめなければならないことは分かっていた。今このタイミングで妊娠すれば、リオノーラは苦しむことになる。せめて避妊ぐらいはするべきだという理性と、ここで彼女が孕《はら》めば婚姻関係を継続できるかもしれないという願望がせめぎ合う。

アレスの動きが止まったからだろう。リオノーラの瞼《まぶた》がうっすら開いた。

「あっ……アレス様……」

「リオノーラ、俺は……」

「来てください……お願いですから」

リオノーラが彼に向かって腕を真っ直ぐに伸ばす。アレスを見上げるその空色の瞳は潤《うる》んでいた。

彼の迷いが一瞬にして吹き飛んだのは言うまでもない。

リオノーラの脚の間はひどく濡れていた。尻たぶの間まで、粘つくような透明な体液が滴《したた》っている。

アレスは指でリオノーラの隘路《あいろ》を慣らそうか迷った。誤って処女膜を破ってしまうかもしれないと懸念したのだ。

結局、指はごく浅く膣口へ挿《い》れ、指先で陰核を刺激するのに留めることにした。一見、リオノーラへ配慮したとも思える行動だが、自分の雄で純潔の証を破りたいという仄《ほの》暗い願望もあった。

栗色の薄い下生えの間から、ぷっくり膨らんだ紅い芽が覗《のぞ》いている。濡れた指先で軽く押すだけで、リオノーラは悲鳴をあげた。

「あっあぁあぁっっ！」

背をのけぞらせたリオノーラが達する。身体を弛緩させてはぁはぁと息を吐き、虚ろな瞳で天井を見つめている。しかし媚薬はよっぽど強力なのか、達しても彼女が満足する様子はない。

アレスはもう限界だった。快楽に打ち震えるリオノーラが可愛すぎる。膣口に浅く挿《い》れた指をぎゅうっと締め付けられるたびに、股間に血が溜まるのを意識せずにはいられない。就寝用の下穿きに手をかけると、そこには先走りの染みができていた。

もう、リオノーラに許可は取らなかった。すっかり脱力している彼女の膝を掴んで開かせる。自身を握り、丸い先端を潤《うる》むあわいに押し当てると、彼はひとつ息を吐き、紅い隙間へとそれを埋めた。

「うぅっ……」

先端を挿《い》れただけなのに、リオノーラが苦しげに呻《うめ》く。

「リオノーラ、苦しいですか？」

「大丈夫。大丈夫ですから続けてください……！」

少しずつ、亀のような歩みで腰を進める。リオノーラの中は熱く蕩《とろ》けていた。少し気を緩めただけで吐精しそうになる。念願のリオノーラの中に入っている。その事実だけでアレスは果てそうになる。

腰を進めている最中、何か反発するものを感じた。それが処女膜だったのだろう。侵入を拒むような抵抗感がなくなった瞬間、リオノーラの眉間にぎゅっと皺《しわ》が寄った。

さらに腰を進めると、何か柔らかなところにコツンと肉棒の先が当たる。アレスはほっと息を吐いた。なんとか果てずに奥まで自身を押し込むことができた。

「うっ、うぅ……」

アレスが呼吸を整える間も、リオノーラは苦しそうにしている。

(リオノーラはこの行為に不慣れだ。挿入だけでは辛いだろう……)

アレスはやや乱暴な手つきで自身の上着のボタンを外して後ろ手に脱ぐと、リオノーラの上に再び覆い被さった。呻《うめ》き声を漏らすリオノーラの口を己の口で塞ぐ。

リオノーラの気を紛らわせようと思っていたのだが、挿入しながらの口づけは思いのほか気持ちが良かった。背にぞくりとしたものが這い上がる。軽く腰を動かして——「あっ」と思った時には、腰を震わせ、精を吐き出していた。

「……すみません、あまりにも気持ちが良いので果ててしまいました」

アレスの素直すぎる謝罪の言葉に、リオノーラは顔だけでなく首まで真っ赤にした。そしてふっと笑い声を漏らす。

「大丈夫です。ふふっ」

自分に向けられるあまりにも愛らしい笑顔に、アレスは胸を押さえた。

◆◇◆

「ううっ……お腹痛い……節々も痛い……」

リオノーラはベッドの上で悶絶していた。

「大丈夫ですか？　痛み止めならありますけど」

「お薬は嫌いです……」

汚れた敷布とマットはアレスの手で取り替えられ、色々な体液でべとべとになった身体は彼に手伝ってもらいながらシャワーで清めた。彼女は今、暖かい格好をして清潔になったベッドの中で身体を丸めている。

「これ、粘膜にも使える腫れ止めなので、毎日シャワーあがりに塗ってください」

アレスが、軟膏が入った瓶をベッドサイドにコトリと置いた。

「……ありがとうございます」

「いいえ、俺は二階におりますので何かあったら呼んでください」

何事もなかったかのように、アレスは寝室とダイニングを隔てるカーテンを引き、静かに二階へと上がっていく。彼の足音が遠くなるのを感じながら、リオノーラは思った。

情緒がない、と。

行為の後、シャワーを浴び、アレスが整えてくれたベッドに一人で横たわった。

興奮がすっかり引いた身体は色々なところが痛い。特に脚の間には疼痛を覚えている。下腹の奥が鈍く痛む。そう訴えると、アレスは感情のなさそうな顔で黙々と、先ほど置いていった軟膏を塗ってくれた。

アレスは身体を清めてくれたり、手当てはしてくれたが、それだけだ。清潔なベッドで一人ゆったりと休ませてくれる彼は優しいと思うが、リオノーラはもっとこう、事後にイチャイチャしたかったのである。

寝室には情交の臭い消しのための香が焚《た》かれ、ベッドサイドには温かな飲み物が置かれている。至れり尽くせりではあるが、何か違う。

「でも、アレス様らしい……」

ふふっと小さく笑い、布団を頭から被る。アレスは行為の後に戯《たわむ》れのような愛を囁《ささや》く人ではないだろうとリオノーラは自分で納得する。彼は優しいが、不器用なのだ。でもその不器用さを彼女は好んでいる。

剣だこのある大きな手が自分の身体を這う様を思い出し、リオノーラは頬をぽっと火照《ほて》らせる。媚薬の影響か、行為が始まる前は恐怖よりも好奇心のほうが優った。

人差し指で自分の唇をなぞる。食べられてしまうのではないかと錯覚するような口づけや行為の数々を思い出し、リオノーラはそわそわと落ち着かない気持ちになった。普段おとなしい彼が、あんな口づけをするなんて。初めての口づけは苦しかったが、同時に気持ち良さも覚えた。特に上顎を舐《な》め上げられると、下腹の奥がじんと疼いた。

まだ外は暗い。眠らなくてはと思うが、身体のすみずみにアレスから与えられた感触が残っている。自分の身体を抱きしめるように、リオノーラはベッドの中で丸まった。

◆◇◆

リオノーラが眠れぬ夜に悶える一方、二階の書斎に上がったアレスはというと、床に両膝をつき、文字通り頭を抱えていた。

短く整えられた黒髪をぐしゃぐしゃとかき、本当は床を打ち叩きたいところだったが、下にはリオノーラがいるので音は出せない。彼は一人で静かに悶えていた。

「俺はなんてことを……！」

後先考えず、本能の赴《おもむ》くままリオノーラの身体を貪《むさぼ》ってしまった。初めて見る妻の身体に、つい昂《たかぶ》ってしまった。彼女は顔がたまらなく可愛い上、身体も愛らしかった。

幸か不幸か、リオノーラは身体のあちこちが痛いとは言っていたものの、傷付いた様子も落ち込んだ様子も見られなかった。しかし後々、やらかしてしまった事の重大さに気がつくかもしれない。

リオノーラの身体を知ってしまった今、ますます彼女と別れたくないと思う。あの真っ白な肢体を、誰か別の男が触るのかと想像するだけで吐き気がする。

自分の生まれが改めて恨めしい。騎士としていくら戦果を上げたところで、貴族社会で認められるわけではない。せめて自分が宗国貴族の歴とした夫婦から生まれた存在であったなら、今頃ティンエルジュ家の跡継ぎとして迎え入れられていたかもしれないのに。リオノーラとの同居も許されていたかもしれないと思うと、やるせなくなる。

アレスはのろのろと力なく立ち上がると、回転錠付きの戸棚の前に立った。右に左に錠を回し、戸を開ける。

中には束になった書類がある。彼らの結婚に関する契約書だ。

リオノーラの父であるティンエルジュ侯爵は、この結婚が王命である手前、アレスをリオノーラの夫としてしぶしぶ認めたが、ティンエルジュ家の跡継ぎには指名しなかった。宗国では基本的に夫婦は別姓であり、跡取り娘と結婚しても婿が家督を継がなかった場合は別姓のままなのだ。つまり、アレスはティンエルジュの家名を名乗ることを許されなかった。アレスは今でも実父の家名であるデリング姓を名乗っている。

書類の表紙をめくると、離縁を申し立てる具体的な方法が記載されている。

端的に言えば、アレスはティンエルジュ侯爵に、自分から離縁を申し立てろと命令されていた。

二人は結婚から二年近く別居を続け、傍目から見れば夫婦関係は完全に破綻している。この結婚はそもそもアレスが王に願い出て叶ったものだ。アレス自身がいかにこの結婚が意味のないものであるかを書状にすれば離縁届が受理されるだろうと、ティンエルジュ侯爵は踏んでいるのだ。

しかし、アレスはリオノーラとの離縁を望んでいない。週に一度、たとえわずかな時間でも会えるのならば、婚姻関係を続けたかった。……それがリオノーラにとって幸せなことであるのか、ずっと悩み続けていたが。

この国では白い結婚――いわゆる夫婦生活がない状態が二年続けば、基本的には身分にかかわらず離縁できる。その二年まであと三ヶ月というところで、突然リオノーラはアレスの前に現れた。アレスと楽しく過ごしたいと言って。

（リオノーラはティンエルジュ侯とよほど派手に仲違いしたのか……）

媚薬を飲んでまでいきなり迫ってきたのも、おそらく義父とのことが関係しているのだろう。リオノーラとしっかり話さなければならないと、アレスは心に決めた。

◆◇◆

翌、同居生活七日目。二人は何事もなかったかのように黙々と各々の書類を片付けていた。

羽ペンを動かしながら、なんだか気まずいとリオノーラは思う。普通、身体の関係があったらもっとこう、打ち解けるものなのではないか。イチャイチャまではしなくても、何かあるだろうとリオノーラが悶々としていた、その時だった。

「……リオノーラ」

「は、はい！」

書類に視線を落としたまま、アレスがリオノーラの名を呼ぶ。とっさのことで、リオノーラの声は上擦ってしまった。

「ティンエルジュ侯と、何かありましたか？」

何やら確信めいた、アレスの言葉。しかしリオノーラは首を傾《かし》げた。

「何もありませんよ？」

「何もないことないでしょう」

責めるようなアレスの口調に、リオノーラは戸惑う。

「えっ、でも」

「何かあったから、俺のもとに来たのですよね？」

本当に父とは何もない。だが、リオノーラがここへ来た理由をはっきりとはアレスに伝えなかったため、誤解が生じたままになっていたのを彼女は思い出す。

（しまったわ……。私がアレス様にここに来た理由をはっきり伝えなかったから、誤解されたままになってる。でも、本当の理由なんて言えないし……）

しかし、アレスは至極真面目だ。「ここで楽しく過ごすために来た」と言っただけで誤魔化されてくれるような単純な人間ではない。

「結婚してから一年九ケ月もあなたはティンエルジュ領の屋敷に籠《こ》もったままだった。……なのになぜ、いきなり王都へ来たのです」

「アレス様……」

「俺はこの一週間、あなたがここへ来た真の目的がなんなのか、ずっと考えていました」

床下を漁《あさ》り、山ほどある使用済みの注射器を見たことがバレてしまったのだろうかと、リオノーラは焦る。家人がいない部屋に勝手に上がり込むだけでも駄目なのに、家探ししていたと思われては軽蔑されるだろう。

「あの、アレス様、私は……」

「ミリオノル侯爵家の次男、ブラッドとの再婚がお嫌なのですか？」

「えっ」

突然もたらされた具体的な男の名に、リオノーラの息がひゅっと止まる。

アレスは斜め下に視線を落としながら、癖のない黒髪に手指を埋めた。

「一ヶ月ほど前ですかね……。俺はティンエルジュ侯に呼び出されました。次の婿が決まったから、俺から離縁を申し立てろと。この宗国では二年間、夫婦生活がなければいかなる結婚であっても離縁が可能です。俺達はずっと別居していましたし、鉄格子越しでしか面会していなかったことは大勢の私設兵達が目撃しています。いくら王命の結婚であっても、離縁はできる……」

いつも冷静なアレスの声が少しだけ震えていた。リオノーラは下唇を噛む。

ミリオノル家のブラッドのことは知っている。くすんだ金髪に青い目をした美丈夫《びじょうふ》だ。現在彼は近衛師団の騎士をしていて、ティンエルジュ領の見回りの任に就いている。王城で式典があった際には何度か護衛を依頼したこともある。ブラッドは女性に興味がなく、ベタベタと言い寄ってこないので楽だったのだ。

ブラッドとの仲は良くも悪くもないが、再婚だなんてとんでもない。リオノーラはもうアレス以外の誰かと夫婦になるつもりはなかった。

昨夜のことを思い出す。あんなことをする相手はアレス以外考えられない。

「そんな話、聞いていません」

リオノーラは首を横に振る。

「それに私の夫はアレス様だけです」

「リオノーラ……」

「他の人となんか、絶対再婚しません」

昔からリオノーラの父はアレスへの当たりがきつかった。士官学校時代からの友人の息子ということで普通は優しくしそうなものだが、おとなしく繊細なアレスは、父のお眼鏡に適わなかったのかもしれない。だからと言って、彼一人を呼び出して離縁を迫るなんてひどすぎるとリオノーラは心の中で憤《いきどお》った。

「お茶、淹《い》れましょうか」

リオノーラは椅子を引き、立ち上がる。この重たい空気を変えたかった。

心が暗く沈む。

父が具体的な次の相手を選んでいたこともショックだったが、今の今まで、自分の父親から離縁を迫られていることについてアレスに相談されなかったこともショックだった。

……実家にいた頃のリオノーラの様子では、言えなかっただけかもしれないが。

第二章　妻を呼び出した人物

同居生活八日目の朝、アレスは詰所へ出向いた。

彼は一ヶ月間の有給休暇中だが、自分がいない特務師団の業務が無事に回っているのかどうか気になっていた。……ただし、真面目な彼は剣の鍛錬も毎日欠かしておらず、訓練所に毎朝のように現れては、他の騎士や一般兵達を震え上がらせている。

彼の剣撃は、たとえ稽古であっても容赦ない。

「おお、アレス！　リオノーラ様と仲良くやってるか？」

王立騎士団特務師団三十六連隊の詰所は、よその連隊よりも建屋が大きいこともあり、特務師団師団長補佐長の机もここにある。アレスの上官であるラインハルトは、彼の姿を見つけると片手を挙げた。

「……なんですか？　これ」

アレスは直属の上官の顔を見ることも挨拶を返すこともなく、事務机の足元にドンと置かれている麻袋に目を留めた。腰を屈めて中を覗《のぞ》くと、山盛りの使用済み注射器が入っている。宗西戦争後に自死した補佐官二人と、一般兵らの部屋から出てきたものだ。注射器に入っていた液体は戦神の薬だ。

アレスはわずかに目を細めた。

「……なんでこんなものがこんなところに。補佐長、まだ衛生部隊にこれを渡していなかったのですか？」

ラインハルトは部下から補佐長と呼ばれていた。本来の役職名は補佐官長なのだが、ラインハルトがこの地位についた際「補佐官長ってガラじゃないな……。そうだ、俺のことは補佐長と呼べ！」と部下に命じたためである。

「まあ、他に使い道があったからな」

「……使い道？」

ろくでもないことに使ったのではないかと勘ぐって、アレスは眉を顰《ひそ》める。

「……そう嫌そうな顔をするな。これでリオノーラ様を呼び出すことができたんだからな」

突如背中から投げかけられた得意げな言葉に、アレスはバッと後ろを振り向いた。

「どういうことですか？」

「とある方にリオノーラ様を王都まで連れてくるようにと依頼されたんだが、リオノーラ様はただの深窓のお嬢様じゃないだろう？　ティンエルジュ侯の側近に等しい方だ。常に山ほどの仕事を抱えていて、そう易々と屋敷を留守にはできない」

「……」

「悪いがお前の留守中、寮の部屋の床下にその麻袋を入れさせてもらった。その山のような注射器を見て、リオノーラ様はお前との同居を決意されたんだ。いやぁ、お優しいよなあ、リオノーラ様は！　……普通、亭主の看病のためだけに仕事を犠牲にはできんよ。リオノーラ様の肩には、ティンエルジュ領民の生活が掛かっているんだからな」

リオノーラと同居を始めた当初、いやに体調を気にされるなとは思っていた。食が細い自分を見て、彼女はいつも眉尻を下げていた。この同居が看病のためだと言われれば、すべて腑に落ちる。

リオノーラがラインハルトのサインが入った有給休暇届けを持っていたのも、頷《うなず》けた。

しかし、留守中の人の部屋に勝手に入り、山盛りの注射器を置いて、薬物依存者に仕立て上げるとは。相変わらずこの人のやることは下劣だと、アレスは心の中で舌打ちする。

（補佐長は相変わらず、人の心を持っていないな……）

宗西戦争でも、軍司令部の元軍司令部長だったラインハルトは、常人では到底考えつかないような卑劣な作戦をいくつも考え出し、アレスら部下に決行を命じた。ラインハルトの作戦は功を奏し、アレスが所属していた特務師団は見事に西の帝国の宮城を制圧したが、その戦以来、アレスはラインハルトに対し忌避感を持っている。

戦での功績だけを見ればラインハルトは有能な上官に見えなくもないのだが、平時は誰にも何も告げずに仕事を残して消える、厄介な上官だ。

（しかも補佐長は嘘が上手い……）

ラインハルトの狡《ずる》いところは、嘘の中にも真実を少しだけ混ぜるところだ。現在のアレスは心労が祟り、精神安定剤を常用している。奇《く》しくも戦神の薬依存者と、精神安定剤を飲む者の様子はよく似ており、治療方法もほぼ変わらない。

（リオノーラは俺のことを想ってくれていたわけじゃないのか）

もしかしたら、リオノーラは自分のことをひそかに想ってくれていて、一緒に暮らしたいと願っていたのではないか。ほんの少しだけそう期待していたアレスは気持ちが沈むのを感じたが、顔には出さない。

それよりも、この人の心を持ち合わせていない上官に聞き出さねばならない。一体誰に頼まれてリオノーラを王都へ連れてきたのか。アレスに落ち込んでいる暇などなかった。

「……補佐長」

「ん、なんだ？」

「誰に頼まれてリオノーラを王都まで連れ出したのですか？」

アレスの深緑の瞳が、真っ直ぐラインハルトへ向けられる。

ラインハルトはアレスの咎《とが》める視線に肩を竦《すく》めた。

「アーガス様だ」

「……父が？」

ラインハルトが口にしたのは意外な人物の名前だった。アーガス・デリング。アレスの実父だ。

宗西戦争に勝利して以来、西の帝国に新たな土地を手に入れたアーガスは、薬畑の拡大に躍起《やっき》になっていた。息子が友人の娘と結婚して婿入りしても、結婚式にすら参列しなかった。アレスがティンエルジュ侯爵から別居婚を強いられていても、どこ吹く風だった。

そんな父が、自分とリオノーラの同居を画策した。

「どういうことですか？　父は一体何を考えているのです」

アレスが尋ねるが、ラインハルトは頭を横に振る。

「さあなぁ。俺はアーガス様から依頼を受けただけだからな。依頼者の目的まで聞くのはタブーだ。俺達特務師団は、戦争がなけりゃ金があり余っている貴族の御用聞きをして細々と生きていくしかない。税金からお給金を貰ってる近衛師団や、有事以外は医療機関で働ける衛生部隊とは違うんだ」

騎士は一般的に高給だと思われているが、所属する組織によって人件費の出所や給与の算出方法は異なる。

近衛師団の給金は国民の税金から出ており、階級制による固定給だ。手取り額は安定しているが、逆に言えば活躍したところで給金は変わらない。

近衛師団以外の部隊は市中見回りなどの定常業務に関しては国から予算が出ていて基本給も出るが、充分な額とは言い難い。貴族などから頼まれる単発の仕事を引き受けなければ、食べてはいけないのだ。半歩合制なのである。

近衛師団以外の騎士の中には、人気職だということを利用して、若いツバメなどの愛人家業に精を出す若者も少なくない。

「俺も若い頃は貴族や王族相手の槍働きに精を出したが……今では仕事を選べん」

はああとラインハルトがため息をつき、肩を落とす。この上官は一見三十歳そこそこに見えるが、実は四十歳近い。各部隊の師団長職などの上級将校を除けば、騎士の定年は四十歳。定年間近に、依頼主の事情に首を突っ込んで厄介ごとに巻き込まれるようなことはしたくないと、その疲れた顔には書いてあった。

◆◇◆

アレスが詰所に顔を出している頃、リオノーラは王立騎士団の寮にほど近いところにある大衆食堂にいた。この店は王立騎士団の若者が多く集う食堂で、量がものすごく多くて美味いと評判だ。

頭に三角巾をつけ、丸首シャツにボディスを合わせ、ごわついたロングスカートにエプロンドレスという市井《しせい》の女性とほとんど変わりのない格好をしたリオノーラは、見事にその場に馴染《なじ》んでいた。

誰も、彼女が由緒ある侯爵家の令嬢だとは気がつかない。ちなみにこのエプロンドレスは、王都の事情にくわしいレイラが用意したものだ。リオノーラは妙に手際がいいなと思ったが、彼女が一番自分達の同居を望んでいた。協力を惜しまないのも当然かもしれない。

なおリオノーラには、レイラが手配したティンエルジュ家の私設兵らが護衛についている。彼らは市井《しせい》の人間に扮し、すぐ駆け付けられる距離で常に彼女を見守っていた。何かあればレイラへすぐ連絡が行くだろう。

「お待ちどお！」

「わぁっ！」

「リオノーラちゃんはいつもぺろっと平らげてくれるからねえ。今日は唐揚げを三個サービスしておいたよ！」

「ありがとうございます！　おじさん！」

眉間に大きな傷のある大柄な店主に名前で呼ばれるほど、リオノーラはこの食堂に通い詰めていた。

アレスは昼時にいないことがあり、自分一人だと食事を作る気になれず、寮の近くにある商店街を散歩がてら歩いていたところ、揚げ物の良い匂いにつられて入った食堂の料理のとりこになった。

何より、量が多い。オードブル用の皿半分に炊いた白米が山のように盛られ、もう半分のスペースには、リオノーラの握り拳ぐらいの大きさの鶏の唐揚げが八個も載っている。付け合わせは刻んだキャベツに潰した芋のサラダだ。ちなみに店主はリオノーラのことが大のお気に入りらしく、いつも何かしらのおまけが付く。

ここの店主は王立騎士団軍司令部に所属していた元一般兵で、戦闘糧食をアレンジしたものを定食として出しているそうだ。主食が白米なのも、王立騎士団に南方地域の戦闘部族出身の騎士や一般兵が多いからだと、以前店主から得意げに語られた。宗国の主食はパンだが、南方地域の主食は白米である。なお、南方地域は宗国の約十倍の国土があり、場所により主食は異なる。

リオノーラは手慣れた様子で、肩から下げている鞄からマイフォークとマイナイフを取り出した。ここは腐っても貴族である。首にも持参したナプキンを垂らした。

銀のナイフを鶏の唐揚げに押し当てる。切り口からじゅわりと肉汁が滴《したた》った。ごくりと喉を鳴らし、銀のフォークに突き刺したひと切れをぱくり。口の中に広がるは、至福。はふはふと口を動かし、カリッとした鶏皮と、柔らかな肉の食感を楽しむ。まだ口に油が残っている状態で、山のような白米を口へ運ぶ。口直しにキャベツや芋のサラダを食べつつ、リオノーラは見事なナイフ・フォーク捌《さば》きであっという間に半分を平らげた。

いつもカウンター席に座ってものすごい勢いでワンプレートを平らげるリオノーラに、最初は声をかけようとしていた騎士達も、だんだんそっと見守るようになった。

「店主、私にも彼女と同じものをくれないか？」

そんなリオノーラの隣に座ろうという者が現れた。くすんだ金髪に青い瞳。灰色が混じる碧眼にリオノーラの姿が映し出されると、その目は細められた。

「あっ」

「久しぶりだな、リオノーラ」

彼女の空色の瞳にも、灰色の騎士服が映る。分厚い胸板をした、いかにも武人らしい男だ。

「ブラッド様……」

ブラッド・フォン・ミリオノル。リオノーラの父親が見繕った、彼女の次の婿候補である。落ち着いた色の髪を首の後ろで束ねた色男。アレスが細身で酷薄そうな美形ならば、このブラッドは実に男性的だった。太い眉にたくましい顎。ガチムチという形容の似合う美丈夫《びじょうふ》である。

「お久しぶりですね！」

リオノーラは動揺を悟られないよう、努めて明るい声を出した。

彼の名は昨日、アレスから聞かされたばかりだ。ブラッドが次の婿候補だと聞き、リオノーラの心中は穏やかではない。しかもこのタイミングで再会してしまうとは。アレスが知ったらどう思うだろうかと不安になる。彼は至極真面目な人である。ブラッドと二人きりで会うなんて、と憤《いきどお》るかもしれない。

（ブラッド様は、実は男性がお好きなのだけど……）

リオノーラの父親が見繕った相手は、男を好む男だった。この個人的な情報も、定期的に王都に赴《おもむ》くレイラから聞いたものだ。だからブラッドと二人で会ったところで何も起こりようはないのだが、リオノーラはアレスの心をなるべくなら乱したくないのだ。

急いで残りの唐揚げワンプレートをかき込む。お残しは許されない。

「君が王都にいると、君のお父上から聞いたんだ」

「そうなのですか」

「アレス・デリングに無理やり攫《さら》われたと聞いて心配していた」

「はい？」

夫の名が聞こえたと同時に、「無理やり」「攫《さら》われた」との物騒な単語が耳に入り、唐揚げが喉につっかえそうになった。

リオノーラは自分の意思でこの王都へ来た。アレスは関係ない。というか、勝手に押しかけた自分を彼は快く受け入れてくれている。アレスの看病のために王都へ来たのに、特に看病らしいことはしておらず、逆に彼に自分の仕事を手伝ってもらっている有様だ。

父がブラッドを焚《た》きつけるため、嘘を言ったのだろう。リオノーラは憤《いきどお》ったが、ブラッドに怒っても仕方がない。淡々と事実だけを述べた。

「違いますよ？　私が自分の意思で王都に来たのです」

「リオノーラ、可哀想に……。誘拐された令嬢は犯人に好意を寄せることもあると聞くが、君もそういう状態なんだな？」

ブラッドは眉尻を下げ、憐れみに満ちた視線をリオノーラへ向けている。彼女は急いで首を大きく横に振った。

「違います！　私が、アレス様と別れたくなくて、王都まで押しかけたんです」

ブラッドの言葉を否定しながらも、手は止めずに白米を口へ運ぶ。

「そうか。君は優しいから、アレスを庇《かば》っているんだな」

「別に庇《かば》ってませんけど」

ブラッドは少々思い込みの激しいところがある。生まれが複雑なアレスのことを昔からよく思っていなかったことも相まって、父の言葉をあっさり信じてしまったのだろう。

「へいっ、お待ち！」

ブラッドの前に、オードブルの皿に載った唐揚げワンプレートがドンと置かれる。

じゅうじゅうと音を立てる巨大唐揚げとほかほか白米の山脈に、ブラッドは明らかに引いていた。

彼がこの店に来た段階で、リオノーラはすでにこれを半分以上食べ終えていた。まさかこれほどまでにボリュームがあるとは思っていなかったのだろう。

付け合わせの芋サラダまでペロリと綺麗に平らげたリオノーラは、首に下げていたナプキンを取り、サッと口元を拭いながら颯爽と言い放つ。

「ブラッド様、この店はお残し厳禁なのですよ」

「えっ……」

「おじさん、お勘定！　ここに置いておきますね〜〜！」

「まいどっ！　また来てくれよっ」

片方の手をひらひらさせて、リオノーラは店を出た。


大衆食堂を後にしたリオノーラが噴水広場まで行くと、そこにはすでに待ち合わせていたレイラがいた。

ぽかぽかと気持ち良い陽気だが、リオノーラの表情は冴《さ》えない。

顔を合わせてすぐにレイラから「どうした」と尋ねられた。

「レイラ、どうしましょう。ブラッド様が現れたのよ」

リオノーラはアレスから聞いた話を含め、レイラに事情を話す。

「四十歳を過ぎても王立騎士団に残れる人間はわずかだとラインハルト殿も言っていたからな……。貴族家の婿になれる機会があれば、そりゃ誰でも飛びつくだろうな」

レイラは、納得したように一人頷《うなず》いた。

「アレス様と別れたくない……！　他の人と再婚なんてしたくないぃぃぃ！」

エプロンドレスの裾を握りしめ、ううっとリオノーラは嗚咽《おえつ》を漏らす。

ブラッドのことは好きでも嫌いでもないが、アレスとしたような行為ができるかと聞かれれば、絶対に無理だ。あの行為だけは誰でも良いわけではない。他の人と同じことをするのを想像するだけでも嫌だ。リオノーラは相手がアレスだからこそ、身体を許したのだ。

「そういえば、お前らはやることはやったのか？」

「そこはもう、ばっちりよ」

リオノーラはぐっと親指を立てた。

「早く子ができるといいな、リオ」

「そうねえ。アレス様は子どもはお好きかしらね」

「南方人の男は、並の女よりも我が子を大事にするぞ。婿殿もその血を引いている」

「それは楽しみね」

それとなく、和《なご》やかな話題に変わる。が、いつも淡々としているアレスが我が子を抱く姿はちょっと想像ができないと、リオノーラは思った。

アレスは忙しい。有給休暇中であっても毎日出掛けていく。たとえ子どもができたとしても、自分が中心となって世話をしなくてはいけないかもしれない。

そもそも今はアレスとの婚姻関係が続けられるのかどうかさえ、微妙なところだ。本懐は遂げたものの、すでにブラッドという他人を巻き込んでいる。ミリオノル家は名家だ。上手く縁談を断らないと、後々まずいことになるだろう。

昼間、大衆食堂で会った時はついブラッドにつっけんどんな言い方をしてしまった。昔からアレスのことを悪く言われると、すぐ頭に血が上ってしまう。それがなぜなのか、リオノーラにはよく分からない。アレスには確かな好意を持っているが、他の人間に向けるそれとはかなり性質が異なっているように思う。……上手く説明はできないが。

「そろそろ私はティンエルジュへ戻らなくてはな。リオがサインした書類をお館様へ届ける」

「レイラ、お父様に言っておいて。私はアレス様と別れるつもりはないって」

「私が言ったところでどうにもならないだろう」

「そんなことないわ。レイラだって、うちの家族みたいなものじゃない」

「……私はただの使用人に過ぎないさ。お前達夫婦の問題が解決したら、私は南方地域へ戻るよ」

「えっ」

そんな話は初耳だった。レイラがティンエルジュ家に仕えるようになって、もう十五年になる。自分が五歳の時に母親が後宮へ入ったリオノーラにとって、歳の離れたレイラは姉であり、母のような存在だった。いなくなるなんて考えられない。

しかし、レイラはもう三十歳だ。結婚や出産を考えてもおかしくない。ここで引き止めるようなことを言うのは、単なる我《わ》が儘《まま》だろう。

「そうなの。じゃあ、レイラが安心して南方地域へ帰れるようにしなきゃね」

「ああ、婿殿との子作りを頑張ってくれ」

「ええ……」

出会いがあれば、別れもある。

だが、アレスとは別れたくない。

彼と共に暮らし、肌を重ねてからより一層そう思うようになった。ずっとこのまま、彼と一緒にいたい。

二年近く前、王命でアレスと結婚することになった時はあれほど絶望を感じたのに。人の考えは変わるものだ。彼と結婚することになった当初、リオノーラは喜ばなかった。彼は勤勉で真面目な青年だったが、性格がおとなしく領主には向かないと思ったからだ。

今も、アレスは領主に向かないと思っている。

でも、これからも彼と夫婦でありたいと願っている。

領のことは自分がやればいい――アレス愛しさに、彼と領のことは関係ないとさえリオノーラは思うようになった。

二年近くも、アレスはずっとそっけない自分に会いに来てくれていた。リオノーラはすっかり絆《ほだ》されてしまった自分自身に呆れるが、同時に無理もないことだとも思っている。

◆◇◆

詰所に出掛けたアレスは夕刻に帰宅した。あれからすぐに帰ろうとしたのだが、ドグラを含めた部下数名と、たまたま来ていた軍司令部の人間に捕まり、帰るに帰れなかったのだ。

彼らと話す間も、アレスは考えごとをしていた。リオノーラが自分のもとに来た本当の理由をラインハルトから聞かされた彼は悩みに悩み、悩んだ末に、ある考えに至った。リオノーラに本当のこと――自分が戦神の薬依存ではないと話したら、彼女はティンエルジュ領へ帰ってしまうだろう、と。

アレスはたしかに二年半前の宗西戦争で戦神の薬を使ったが、戦後は一度も使っていない。現在は味覚障害や食欲減退などの副作用はあるが、普段の生活にはさして影響はないと考えている。もともと食にはあまり興味がない。味や食感が楽しめなくても栄養がとれていればそれでいいのだ。端的に言って、誰かの看病が必要な状況ではない。しかし、それを馬鹿正直にリオノーラへ明かしたら、彼女はティンエルジュ領へ戻ってしまうのではないか。アレスはそう恐れていた。

アレスにはもう、リオノーラなしの生活は考えられなくなっている。自分に向けられる屈託のない笑顔に、温かな食事。ティンエルジュ領から持ち込まれる膨大な書類の処理だって、共にやれば楽しかった。

何より、夜の生活だ。一度の交わりで、アレスはリオノーラの柔らかな肢体に溺れた。自分の下で真っ赤になって身体を震わせるリオノーラは愛らしく、彼女のためならなんでもできると思った。あの愛しい存在が目の前から消えてしまうなんて考えたくない。また以前のように、鉄格子越しでしか会えなくなったら、自分はどうにかなってしまう。

いや、鉄格子越しどころか、義父は警戒して、二度と彼女と会わせてくれなくなるかもしれない。どうにかして、彼女を自分のもとに留めなくては――

そうしてアレスが考えに考えて出した結論が、ラインハルトの嘘に乗っかるというものだった。

「リオノーラ、話があります……」

「どうしたんですか？　改まって」

「俺は、実は……戦神の薬による、薬物依存者なんです」

「……」

「申し訳ありません、今まで黙っていて」

正しくは精神安定剤が手放せない抑うつ状態だが、抑うつは薬さえ正しく飲んでいれば一人で暮らしていても特に問題はないし、理解あるパートナーの存在も必要ない。

だからアレスは嘘をついた。リオノーラの優しさにつけ込む最低最悪な嘘だと分かっている。しかし、どのような手を使ってでも、リオノーラを手放したくなかったのだ。

第三章　色気より食い気

「はあ〜〜……」

同居生活九日目の昼。町娘と変わらぬ格好をしたリオノーラは、いつもの大衆食堂にいた。

木製のカウンターに両肘をつき、腹の底からため息をつくリオノーラは、どこからどうみても商店街で働く女性にしか見えない。

ため息ばかりつくリオノーラを見兼ねたのか、店主が心配そうに声をかけた。

「リオノーラちゃん、疲れてるねぇ」

「そうなんですよう。……主人との仲が上手くいきすぎて」

本当のことを言うわけにはいかないリオノーラはしれっと誤魔化した。

夫から戦神の薬依存だと告げられただなんて、言えるわけがなかった。

「お熱いねえ！　ほい、今日はミートローフだよ」

「わあっ」

軽く輪っか状に整えられたミンチ肉の塊に、リオノーラは空色の瞳をキラキラさせる。匂いたつは芳醇なデミグラスソース。付け合わせの芋フライはまだ揚げたてなのだろう、表面に細かな泡が立っている。

「美味し……」

持参したスプーンでほろほろの肉の塊を掬《すく》い、ぱくり。ハーブが利いた肉は臭みがなく、これなら十人前はぺろりと食べられそうだ。

アレスのことで落ち込んでいた気分が一気に上がった。

「リオノーラちゃんは旦那は連れてこないのか？」

「うちの旦那様は少食なんですよ。騎士ですけど」

アレスの食は細い。おそらくここの料理を見ただけで胃もたれを起こすだろうなと想像しながら、リオノーラはどんどんスプーンを口へ運ぶ。

そんなご満悦の彼女に忍び寄る人影があった。

顔に大きな傷のある大柄の店主が「おっ」と驚いたように顔を上げる。その反応が目に入り、リオノーラも後ろを振り返った。

「やあ、リオノーラ様。ご機嫌はいかがですかな？」

細い目がさらに細められる。狐を連想させる男がそこにいた。ラインハルト・ドゥ・ポルトワ。アレスの上官であり、リオノーラを王都まで連れてきた人物である。

「ラインハルト様、ご用件とはなんでしょうか？」

食事を終えたリオノーラは、ラインハルトの呼び出しに応じた。彼はアレスの上官である。無下にはできない。

「いやぁ、お食事時にすみませんねえ、リオノーラ様。アレスは王城に呼ばれがちで、なかなかスパッと休めていないでしょう？　その理由をご説明しなくてはなぁと思いまして、お声掛けさせていただきました」

ラインハルトは困ったような笑みを浮かべて、そう言った。

「仕方ありませんわ。夫は特務師団の補佐官ですから。……色々あるのでしょう」

いくら夫婦とはいえ、仕事のことにまで口出しするのは良くないと、リオノーラは弁《わきま》えているつもりだ。しかし、たしかにアレスは王家や貴族の護衛を担う近衛師団所属でもないのに、よく王城へ行く。内心、とても気にはなっていた。

王城には後宮があり、後宮にはリオノーラの母と異父弟の王子がいる。

リオノーラは五歳の時に母親と別れたきり。母が今どうしているのか気になって、アレスに何か知らないか尋ねたいと思ったことは一度や二度ではない。

……でも、聞けなかった。母のことを知るのが、漠然と怖いと思っている。知りたくないことを知って、ショックを受けるのが嫌だったのだ。

ラインハルトはそんなリオノーラの複雑な心の内を知るや知らずや、直球を投げてきた。

「……そうですか。簡単に言えば、アレスはマルク王子のお気に入りなのですよ」

リオノーラは息を詰め、目を見開く。

ラインハルトは後ろに撫で付けた黒髪を触りながら、言葉を続けた。

「……もう五年も前ですかねえ。王城敷地内にある闘技場で剣闘技大会がありまして。アレスがあっさり優勝したんです。それを見たマルク王子が彼のことをいたく気に入りましてね。それからというもの、マルク王子は頻繁にアレスを王城へ呼ぶのです」

「そう、なのですか」

そのマルク王子こそ、リオノーラの母メリルが後宮で産んだ男児である。

リオノーラが五歳の誕生日を迎えた数日後、メリルはティンエルジュ家の家令と共に家を出た。その家令は実は王の側近で、王命でティンエルジュ領に入り込んでいたのだ。王都に行ったメリルはその後、後宮にて王の側女《そばめ》になった……というのが、リオノーラが今まで耳にした母の事情だ。

メリルのこともレイラが調べてくれていたのだが、さすがに後宮に関する情報は得にくく、リオノーラはメリルの近況らしい近況を何も知らないでいた。

家令と妻に裏切られたリオノーラの父ルシウスは、元々かなりの仕事人間だったが、ますます領の運営にのめり込むようになった。領民の福祉のために身を粉《こ》にして働き、国境を挟んだ先にある属国である南方地域との関係作りに勤しんだ。

ルシウスの働きにより、大勢のティンエルジュ領民や南方移民の命が助かったが、その裏で犠牲になったのは娘のリオノーラである。ルシウスは家庭を顧《かえり》みなかった。しかし、彼女にはレイラとアレスがいた。

母とほぼ入れ違いのタイミングで出会った彼らの存在にどれほど助けられただろうと、彼女は思い返す。

「リオノーラ様？」

「ご、ごめんなさい。ぼーっとしてしまって」

(母がいなくなってから、本当に色々なことがあったわ……)

リオノーラは母親に可愛がられた記憶がない。母メリルは赤い髪に青い瞳をした美しい女性だったが、気が強く、リオノーラが思い出す彼女はいつも怒っていた。

(……でも、大人になってできる話もあるかもしれないわ)

母はただ単に子どもが苦手だった可能性もある。今ならば、大人の女性同士、できる話もあるかもしれないと、リオノーラは希望を持っていた。

「夫の事情はよく分かりました。ありがとうございます」

ラインハルトはまだ話がありそうな素振りを見せたが、リオノーラは頭を下げた。これ以上マルク王子や、その先にあるであろう母の話を聞いたら、きっと自分を取り繕えなくなる。

だが、ラインハルトはさらにリオノーラを揺さぶるような提案をする。

「リオノーラ様、今から王城へ行きませんか?」

「はい?」

「いや、先週私も王城へ参りましてね。マルク王子にリオノーラ様のことをお話ししたら、ぜひ、お会いしたいと」

リオノーラの心臓が跳ねた。王城に行けば母に会えるかもしれないという期待と、この男にこれ以上関わるのはやめたほうがいいという疑念が、せめぎ合う。

(ラインハルト様にこれ以上関わるのは良くないと分かっているわ……だって)

実はリオノーラは、アレスの部屋に大量の注射器を仕込んだのはラインハルトではないかと考えている。一週間と少しの間アレスと暮らし、その考えは確信に近くなっていた。

それに性交の際、媚薬の熱に浮かされながら見た彼の腕や手の甲には、特に注射痕は見当たらなかった。もしかしたら分かりにくい場所に打っているのではと思い、内腿や脚の付け根も見たが、やはり痕らしきものはひとつも確認できなかった。あれだけ大量の注射器を使っていて、鬱血のひとつもないというのは、さすがにあり得ないだろう。

だがしかし、先日アレスは自ら薬物依存者だと告白してきた。これについてリオノーラは、魔が差して数回戦神の薬を打ってしまったことを言っているだけだと思っている。アレスだって人間だ。戦神の薬がもたらした成功体験が忘れられず、辛い時に逃げたことがあるのを、真面目な彼は依存だと大袈裟に申告しただけだと推測した。

ただ、アレスがとても不安定な状況にいるのは間違いないだろう。

(アレス様を戦神の薬依存者に仕立てた、ラインハルト様は信用できない……でも、ラインハルト様が私を王都まで連れてきた本当の理由は知りたいところだわ)

「……分かりました。夕食の支度がありますので……少しの時間なら」

ラインハルトは自分を揺さぶる危険な男だと思ったが、あえて提案に乗ってやろうと思った。マルク王子を通して母に会いたい気持ちは当然あるが、それ以上に、この男がどのようなつもりで自分を王都へ呼び出したのかを知りたかった。

この男は部下可愛さにわざわざその妻を呼び出す人間ではないだろう。さすがにアレスを薬物依存者に仕立て上げるのはやりすぎだ。誰かの命令があって、こんな無理やりとも言える方法を取ったのだと考えるほうが自然だろう。

「急に申し訳ありません。では馬車を手配してまいりますので、少々お待ちくださいませ」

ラインハルトは恭《うやうや》しく腰を折った。

リオノーラやアレスが住む居住区から王城までは近い。馬車を使っても三十分もかからない。登城するのに粗末な格好はできないので、途中、特務師団御用達だという貸衣装屋に寄った。特務師団の主な仕事は諜報と暗殺。特務師団では変装は必須だと、ラインハルトは苦笑いする。

「よくお似合いですよ、リオノーラ様」

「……ありがとうございます」

リオノーラは町娘らしいエプロンドレスから、淑女のドレスに着替えた。その後、店員によって化粧が施される。

彼女が選んだのは黄みがかった桃色の裾がふんわりと広がったドレスで、首が詰まっていて飾らしい飾りのない少し古臭いデザインのものだ。

普段は下ろすか、頭の後ろで一本に縛っている栗色の髪は、後頭部でくるんと丸い形にまとめた。自分のシルエットを楕円形の鏡で確認しながら、リオノーラはやはりラインハルトの手配は少々スムーズすぎると考える。黒幕の命で動いていると思ったが、何か個人的で重大な思惑があってラインハルトが独自に手筈を整えている可能性も捨てきれない。

馬車に乗り込んだ数分後、それはつつがなく、堅牢《けんろう》な王城内へと入った。

ラインハルトの手を取って馬車から王城内に降り立ったリオノーラは、ドレスの裾を踏んづけないよう、足元に気を配る。

王城内は特に変わった様子はなく、相変わらず装飾よりも護りを重視した、どこか殺風景な場所だった。灰色の石畳と石壁の空間が続く。年に数回、式典で呼び出されるたびに、母がどこかにいないかと微《かす》かな期待を込めて視線を走らせてきた場所。

後宮は王城内にあるが、もちろん関係者以外は入れない上、そこに住まう者が外の空間に出てくることはごく稀だ。男ならともかく、女が外に出ると余計な血が入る可能性があるからだ。マルク王子は男児なので、自由に外部の人間——ラインハルトやアレスと会えるのだろう。

リオノーラが落ち着かない気持ちで長い廊下を歩いていると、ふいに後方から甲高い声が聞こえてきた。

「ラインハルト！」

元気で明るい声にびっくりしながら振り返ると、燃えるように赤い髪をした少年が駆けてくるのが見えた。

「マルク様、廊下を走ってはいけませんよ」

「へへっ、ごめんなさい！」

短く切り揃えられた、やや癖のある赤い髪に、リオノーラよりも濃い碧眼。大きな瞳が輝く可愛らしい少年がそこにいた。背は小柄なリオノーラよりも拳ひとつ分低い。大きな角襟がついた上着に膝丈のタックパンツを穿いている。上下とも白で統一された装いで、ひと目で仕立ての良いものだと分かる。

リオノーラは呆気に取られ、挨拶が遅れてしまった。

「ラインハルト、この方が僕の姉上？」

姉上、との声にハッとしたリオノーラは、あわてて淑女の礼をする。

「リオノーラ・フォン・ティンエルジュと申します。ご挨拶が遅れてしまい、申し訳ございません。とんだご無礼を……」

マルク王子はまだ十歳の子どもで異父弟とはいえ、王位継承者だ。名門侯爵家の娘と言っても、一介の貴族に過ぎないリオノーラが気安く関わってはいけない、やんごとない方なのである。

「堅苦しい挨拶なんていいよ、姉上！　僕はマルドゥーク九世。まぁ、皆はマルクって呼ぶけど。姉上もマルクって呼んでね！」

「はい、マルク、さま」

（……なんて可愛らしい方なのかしら）

初めて間近で会うマルク王子は、明るく溌剌《はつらつ》とした少年だった。サファイアのような大きな青い瞳が印象的な可愛らしい顔立ちをしており、美少年と言っていいだろう。

リオノーラは彼に対し少々複雑な感情を持っていたが、こうして顔を合わせると、どこか自分に似た存在に、形容しがたい感情を覚えた。

リオノーラの周りには、父親以外の肉親はいない。叔母が一人いるが、彼女は王都の外れで暮らしていて実家の屋敷にいた時はほとんど会えなかった。自分と同じ血が流れる存在に飢えていたのだと、リオノーラはこの時初めて気がついた。

「ねえ姉上、お茶にしよう？　僕、姉上に聞きたいことがいっぱいあるんだ！　アレスは姉上の話はしてくれるけど全然連れてきてくれないし、待ちくたびれてたよ。やっぱりこういう時頼りになるのはラインハルトだよね！」

「お褒めにあずかり、光栄にございます」

アレスはリオノーラのことをこの王子に話していたらしい。想像がつかないとリオノーラは思う。アレスはおとなしいし口が上手いほうでもないので、この王子の相手は大変そうだ。

マルク王子はリオノーラの手を取ると「はやくはやく！」と引っ張る。

後宮へ続く扉はすぐ目の前に迫っていた。

◆◇◆

リオノーラが王城を訪れている頃、アレスは王立騎士団の詰所で一人黙々と書類にサインを入れていた。

ふいに、ドグラが廊下側の窓からひょっこり顔を出す。

「アレスさんアレスさん」

「なんだ、ドグラ」

「今、そこの向かいの通りにある食堂の親父さんが来てるんですけど、たぶん、アレスさんに用があるんじゃないかな～と思いまして」

「向かいの通りの食堂……？」

いつも若い騎士や一般兵でごった返している、トタンでできた小屋がアレスの頭に浮かぶ。

確かリオノーラがそこでよくランチをすると言っていた。とにかく量が多くて美味いと。食堂の店主は元一般兵。四十歳で退役した後、退職金を元手に十年前に大衆食堂を始めたらしい。

アレスはリオノーラのことならなんでも調べる。根掘り葉掘り本人に聞くと尋問だと思われて嫌われる恐れがあるので、こっそり自分で調べている。諜報と暗殺を生業《なりわい》とする特務師団で七年もやってきたノウハウを活かし、本人に悟られないように身辺調査を行うのは得意中の得意なのである。

だがしかし、食堂の店主がこの詰所にわざわざ来る理由が分からない。リオノーラがその店のただの常連客に過ぎないことは把握している。

待合室へ行くと、そこには見るからに屈強そうな大男がいた。眉間には目立つ傷がある。入ってきたアレスを認識した店主は、驚いたように目を見開いた。

「あ、あんたがリオノーラちゃんの旦那なのか……？」

「そうですが」

妻を親しげに呼ぶ店主に、ほんの少しだけ苛立ちを覚える。なるべく顔に出さないようにしてはいるが、アレスはことリオノーラのことになるとものすごく嫉妬深くなる。自制しなければと思っているのだが、なかなか感情の制御が難しい。

「妻がなにか？」

「ああ、大変なんだ。落ち着いて聞いてくれよ」

「はい」

「リオノーラちゃんが、ラインハルトに連れて行かれた」

「……」

（……たしかこの店主は、補佐長の元部下だったな）

アレスが調べたところ、この大衆食堂の店主は一般兵時代は王立騎士団の軍司令部所属だったらしい。軍司令部は主に計略や一般兵の編成を考える兵法の専門組織だ。他国では上級将校が戦略を練ることも多いが、宗国の王立騎士団では軍司令部の人間が、特務師団の諜報部隊が得た情報をもとに戦略を考える。

十年以上も前、ラインハルトは史上最年少でその軍司令部のトップである軍司令部長の座に上り詰めた。

店主の額には焦りのためか、汗が浮いている。

軍司令部の軍司令部長から特務師団へ異動したラインハルトには、後ろ暗い噂があった。

「ラインハルトは俺の元上官だが、あいつが女の子に声かける時はろくなことにならねえ！　リオノーラちゃんは可愛いし、愛想も良いだろう？　俺んとこみたいな店に通っているが、たぶん良いところのお嬢さんだ。……後宮に連れてかれてないといいが」

後宮。店主が発したこの言葉に、アレスは一瞬息を詰まらせた。この国の後宮は次代の王や、有力者に嫁がせるための王女を作る場所だった。

ひと昔前は王家の傍流の娘が集められていたが、現王が老齢になってからは、新しい娘は入っていないとされている。

しかし、アレスは現在でも後宮が動き続けていることを知っている。

後宮は、今でも王族や大貴族、他国の要人をもてなす場として存在している。また、対外的に養子を取ったことにしたくない家のために、跡継ぎ用の子どもを作ることもあるという。そんな場所にリオノーラが連れて行かれたかもしれない。

「わざわざご報告いただき、ありがとうございます」

「ガセ情報だったらすまねえなぁ、将校さん」

「……いいえ」

「しかしリオノーラちゃんにこんな色男の旦那がいたとはな。彼女、がつがつアタックしそうだもんなぁ。あんた、リオノーラちゃんに無理やり押し切られて結婚したかもしれないが、あの子を大事にしてやりなよ」

店主は、リオノーラとアレスが夫婦と知り、元気で明るいリオノーラのほうが無理やりアレスに迫り、結婚まで持ち込んだものだと勝手に思い込んだらしい。

「色男のあんたから見ればあの子は平凡かもしれねぇが、あんな良い子なかなかいないよ」

「分かっています」

アレスは店主に礼をすると、踵《きびす》を返す。廊下で待っていたドグラに声をかけ、自分達が住まう寮へと走った。

寮の部屋にはやはり、リオノーラはいなかった。今度は厩舎へ走り、馬丁を追い立てて馬を借りる。

店主の言うようにラインハルトがリオノーラを王城へ連れて行ったのかどうかは、馬丁に聞いても分からなかった。王立騎士団が所有する厩舎にも要人が乗れるような馬車はあるが、ラインハルトは来なかったという。

登城するにはそれなりの装いがいる。諜報部隊御用達の貸衣装屋にも寄ったが、二人が来た痕跡はなかった。

ラインハルトはポルトワ伯爵家の婿で、当主だ。この国の伯爵家は、貴族の付き合いで金がかかる割に領地が狭いことが多く、王都で副業をやっていることがままある。

（……補佐長の妻が生前、王都で貸衣装屋をやっていたと聞いたことがある。だが、店の場所が分からないな）

ラインハルトにはかつて妻とその連れ子の娘がいたが、アレスが騎士の叙任を受けた時にはすでに鬼籍に入っていたため、面識はない。

こうして二人の情報が得られないとなると、ラインハルトが妻の店を受け継ぎ、どこかで貸馬車や貸衣装屋をやっている可能性も考えられるが、いちいち回って店を探す暇はない。

アレスはとりあえず、王城へ向かって馬を走らせることにした。

◆◇◆

「姉上は、幼馴染《おさななじみ》のアレスを誑かして求婚させたんでしょう？」

まだ十歳の王子の言葉に、リオノーラはぱちぱちと長い睫毛《まつげ》を瞬《しばた》かせる。

マルク王子とリオノーラは、後宮内の一室にいた。白と金を基調とした明るい客室で、いかにも貴人をもてなすための部屋といった感じだ。天井には小ぶりなシャンデリアが輝き、室内の丸テーブルや椅子、その他調度品もすべて白で統一されている。

後宮は基本、男子禁制。ラインハルトは後宮へ続く扉の前にいるはずだ。そのため、マルク王子とリオノーラは丸テーブル越しに向かい合い、二人きりで紅茶を飲んでいる。傍目から見れば、なんとも和《なご》やかな光景なのだが、王子がふいに口にした言葉はまったく穏やかではない。

リオノーラは瞳を揺らした。

「えっと、あの」

リオノーラはマルク王子の問いにどう答えようか迷った。相手は初対面の少年で、父親違いの弟で、王子ということもあるが、彼女にはそもそもアレスを誑かした自覚がない。アレスに嘘偽りや気を持たせるようなことをした覚えはないのだ。

ただ、アレスが恋仲でもないのにリオノーラとの結婚を願い出た事実を鑑みれば、自分が何か勘違いさせることを言ったりやったりした可能性は充分にあった。

（アレス様は私のこと、好きよねえ……？）

求婚された当初はアレスも他の男達と同じように、侯爵家の婿の座狙いだと思った。しかし、今ではそうは思わない。何が決め手とははっきり言えないが、一緒に暮らすようになって、アレスから愛を感じるようなエピソードは色々あったからだ。

それに、アレスは二年近くも、王都から自分が暮らすティンエルジュ家の屋敷までわざわざ通ってくれた。レイラが言うように、好意がなければそんなことはできなかっただろう。

はっきりと「好き」とは、言われていないが。

「そうかもしれません。あまり自覚はないのですけど……」

「やっぱり」

マルク王子はテーブルに肘をつき、顎の下で指を組むと、納得したようにうんうんと頷《うなず》く。

「えっ」

「僕はアレスとの付き合いがもう五年になるんだけど、姉上は無自覚に男を手玉に取るタイプだよなぁって思ってた。アレスが話す姉上像が……こう、男の理想！　ってカンジなんだよね」

「……はあ」

初めて会うマルク王子は、十歳とは思えないほどマセた少年だった。愛憎渦巻く後宮で育ったからだろうか、とにかく男女の機微に詳しい。マルク王子はやや癖のある赤い髪をくるくる指に巻き付けながら言う。

「アレスは姉上のこと、『リオノーラは、皆に言うようなありきたりな言葉でも、自分だけに特別に言ってくれたんじゃないかと、思わず勘違いしたくなるような魅力的な女性です』と言ってたからね」

「勘違いしたくなる？　たとえば、どういう言葉ですか？」

「体調を気遣われた時とか、『お元気ですか？』とか」

「それは確かに皆に言いますね。挨拶のようなものですから……」

「アレス、色々な意味でこじらせてるからね」

リオノーラは冷めてしまった紅茶を飲みながら思う。アレスの評よりも、母のことが知りたいと。

しかしマルク王子は母の話題を出す気配すらない。口にするのは、アレスのことばかり。

ただ、少し気になるのは、マルク王子の口調がどこかマウントを取りたがる女性っぽいのだ。

(マルク様はアレス様のことがお好きなのね)

少年らしさもあるものの、妙にマセているし持ち掛けてくる話題がどことなく女の子っぽい。

リオノーラがそんな風に考えていると、マルク王子は小さく手をあげた。

「お手洗い行きたくなっちゃった。姉上、ちょっと待ってて」

「はい」

マルク王子は立ち上がると、大きな扉を自分で開いて広い廊下をぱたぱた駆けていく。

この部屋にはなぜか侍女がついておらず、リオノーラが一人だけで残される。給仕の者は、この部屋に菓子と茶器を置くとさっさと出ていってしまった。後宮とはいえ一応王城内なので警備がそこまで厳しくないのだろうか。いくらこちらが女一人とはいえ、マルク王子はまだ少年なのだ。不用心すぎないだろうか。

ちらりと壁掛け時計を見る。すでにこの部屋に入って小一時間は経過している。

リオノーラは一人きりになったはずの部屋で、首を巡らせた。

(レイラが昔言ってたわね……)

貴人用の部屋の天井裏には暗部が忍べるような空間があり、一見部屋に誰もいないように見えても、誰かが潜んでいる可能性があると。

リオノーラは手にしていた紅茶のカップをあえてテーブルの上に倒した。カチャンと小さな音がし、白いテーブルクロスに琥珀色の染みが滲《にじ》む。

「……っ！」

おもむろに胸を押さえ、リオノーラは椅子から転げ落ちた。目を見開いて床に手をつき、はっはっと荒く息を吐き出す。

毒を仕込まれた演技である。こんな三文芝居、王城で雇われるような一流の暗部が引っかかるわけがない。しかし、今、天井裏に潜んでいるその暗部があの人ならば騙されてくれるだろうと、リオノーラは踏んでいた。

「っ！」

案の定、すぐさま天井裏から物音がした。

天井の隙間から、砂のようなものがさらさらと筋になって落ちてくる。小ぶりなシャンデリアがゆらゆらと揺れ、ガコンと何かが外れる音と共に、見慣れた黒革のロングブーツと灰色の制服のズボンが見えた。

「アレス様……」

頭から頭巾のようなものを被り、口覆いをしたアレスが天井裏から下りてくる。一体彼はいつからそこにいたのだろうか。いくらマルク王子のお気に入りとはいえ、そもそも男子禁制の後宮にこうも当然のようにいていいのか。

「リオノーラ、身体は？　呼吸や吐き気は大丈夫ですか？」

「え、ええ」

アレスは埃塗《ほこりまみ》れになった外套や頭巾、口覆いを脱ぐと、すぐさまリオノーラに駆け寄った。その顔色は蒼白だ。

こんな下手くそな演技に簡単に引っかかるなんて。この人は特務師団にいても大丈夫なのだろうかとつい不安になる。

険しい表情を浮かべたアレスは、リオノーラの腕をむんずと掴んだ。

「こんな場所、長居は不要です。早く脱出しましょう」

「えっ、でも！　勝手にいなくなったらマルク様が……」

リオノーラは首を横に振る。マルク王子からまだ母のことを聞いていない。今日この機会を逃せば、次いつ後宮に入れるのか分からない。もう、十五年以上も母と会っていないのだ。

母との良い思い出はひとつもない。毎日のように叱られて、頬をぶたれたことだってある。それでも、たった一人の母だ。近況が知りたいとリオノーラは思う。

「マルク様は心配ありませんよ。入り口にいたラインハルト補佐長に事情を説明するように頼んであります。まったく、あの人は……」

騎士服についた埃《ほこり》をぱんぱんと手で払いながら、アレスは苛立たしげに言う。

「もう二度と補佐長についていったりしないでください。あの人の呼び出しにも決して応じないように」

いつになく厳しいアレスの物言いに、リオノーラもついカチンと来た。

「そんなの、私の勝手です！」

リオノーラは、ラインハルトを危険な存在かもしれないと感じつつも、母の近況が知りたい、できれば話もしてみたいと思って、ここまで来た。ラインハルトが自分を王都まで連れてきた理由も知りたかった。自分なりに考えて行動したのだ。

それを、事情を何も聞かず、早く帰ろうと言うアレスについ苛立ってしまう。

「わっ、アレス！　なんでここに？」

リオノーラとアレスが睨《にら》み合う中、マルク王子が小用から戻ってきてしまった。

「マルク様」

アレスがとっさに騎士の礼をする。ここは男子禁制の後宮。人を呼ばれたら完全にまずい状況である。

マルク王子はふうと息を吐いた。

「……まあいいや。とりあえず人目につかないように出ようか、二人とも」

アレスとリオノーラは焦るが、マルク王子は動じない。部屋の隅へ行くと、壁にあった回転錠を左右へ回し、金色のハンドルをぐっと手前に引いた。後宮は一見閉鎖的な場所のようで、災害時に脱出できるような道がそこかしこにあるのだとマルク王子は言う。

アレスがまた、深々と腰を折る。

「申し訳ございません、マルク様」

「いいんだよ、アレスは姉上のことが心配で飛んできたんでしょう？　いつも『リオノーラが』『リオノーラが』ってうるさいもんね。……姉上にシャツを作ってもらった話、十回は聞いたよ」

どうもアレスは王子相手に惚気《のろけ》ていたらしい。いつもは変わらないアレスの頬の色がわずかに朱に染まる。

「道は分かるよね？」

「はい」

「あの！」

二人の会話を遮るように、リオノーラは声をあげた。誰かが駆けつけてくる前に脱出しなければならない状況なのは、彼女も分かっている。しかし、どうしてもマルク王子に尋ねたいことがあった。

「マルク様……母はお元気ですか？」

ずっとずっと聞きたかった、母メリルの近況。リオノーラは緊張で心臓が押し潰されそうになる。

リオノーラの問いかけに、マルク王子は一瞬口ごもった。自分よりも青みが強い瞳が翳《かげ》ったのを彼女は見逃さなかった。

「うん、元気だよ！」

明るい声、口角の上がった口元。しかし、彼の目の奥は笑っていない。それが答えだと、リオノーラは察してしまった。

「リオノーラ、行きましょう」

アレスは事情を知っているのか、話題を中断させるようにリオノーラの手を取る。

「マルク様、今日はありがとうございました」

「うん、また会おうね！　姉上！」

手を振るマルク王子を背に、二人は脱出口の中へ入った。足音がしてはまずいと思い、リオノーラはヒールの靴を脱ぐ。アレスは頭巾と口覆いを付け直すと、外套の内側に隠していたらしい小型ランタンを灯す。

二人は外に出るまで、暗闇の中を黙って歩き続けた。

◆◇◆

「……ラインハルト、入ってもいいよ」

後宮を出たリオノーラとアレスの気配が遠くなってから、マルク王子は誰もいないはずの空間に声をかけた。

おもむろに、彼の後ろにあった白いクローゼットの戸が開く。中から現れたのは黒髪を後ろに撫で付けた細身の男。

対外的には男子禁制の場所に現れたのは、ラインハルトだった。

「……お母上のこと、尋ねられてしまいましたね」

ラインハルトは痛ましそうに眉尻を下げる。

「仕方ないよ。だって姉上は五歳の時に母上と離ればなれになったんでしょう？　僕が姉上でも、母上がどうしているのか気になるよ……」

マルク王子は俯《うつむ》き、悔しげにくっと喉を鳴らした。

「でも、今の母上には会わせらんないよ。だってもう、僕のことだって分からないんだよ！」

「マルク様……」

マルク王子とリオノーラの母メリルは、現在余命いくばくもない。

メリルは元々精神的に不安定な状態であったが、約一ヶ月前に彼女自身が起こした事件が原因で、完全に精神が壊れてしまった。

彼女を後宮へ連れてきた元ティンエルジュ家の家令ラーゼフを、乱心して殺害したのだ。ラーゼフを惨殺した後、メリル自身も自死しようとしたが、なんとか一命を取りとめた。だが、現在はほとんど昏睡したままとなっている。

後宮で起きた凄惨な事件について知る者は、ごく限られていた。

「マルク様、とりあえず部屋の掃除をしましょうか。このままの状態では、侍女に不審がられてしまうかと」

客室の床には埃《ほこり》が落ちていた。アレスが天井裏から下りる際、落としたものだ。

「……そうだね。まったくアレスは世話が焼けるんだから」

ラインハルトの提案に、マルクはずずっと鼻をすすると「僕、箒《ほうき》取ってくる」と言い、また客室から出ていった。

（マルク様……）

ラインハルトはマルク王子の小さな背中を見つめる。彼はマルク王子の生物学上の父親であった。

もう十年以上も前、その当時王立騎士団の軍司令部にいたラインハルトは「兵法の鬼才」と呼ばれ、めきめきと頭角をあらわしていた。敵の意表をつく作戦をいくつも立て、戦果を着実に上げていた彼は、宗王のもとにも呼ばれるようになった。

（……陛下は優秀な胤《たね》を欲しがっていた）

遺伝病の影響で、宗王は世継ぎを作れない身体だった。だから宗王は優秀な若者を後宮に集め、側女《そばめ》にした王家の傍流の娘らと子を作らせていたのである。

当時のラインハルトはすでにボルトワ伯爵家の婿になっていたが、宗王からの命令には逆らえない。「王子となる男児をもうけよ」との命に従うしかなかった。妻に申し訳ないと思いながらも重い足取りで後宮へ向かうと、そこにはかつての恋人のメリルがいた。

騎士になる前、ラインハルトは南方人の両親と共に宗国貴族であるシェーン家に仕えていた。そこで当主の娘メリルと出会い、恋に落ちた。

当初メリルの父親は、ラインハルトとメリルの仲を認め、彼を婿にする気でいたが、メリルにティンエルジュ家からの縁談が来ると状況は一転した。

(ティンエルジュ侯……)

ラインハルトはその当時のことを思い出すと、拳を握りしめる。

メリルの実家シェーン家は王家の傍流ではあったが、事業に失敗して長年困窮していた。同じく王家の傍流であるティンエルジュ家の当主ルシウスは、シェーン家の資金援助を条件にメリルに求婚したのだ。

メリルは実家を救うため、ティンエルジュ家へ嫁いだ。だが、数年後、彼女は侯爵夫人の座を捨てて後宮へ入った。

(……ティンエルジュ侯、どうしてあなたはメリルを幸せにしなかったのだ)

ティンエルジュ家へ嫁いでも、娘を産んでも、メリルはラインハルトへの気持ちを捨てきれなかった。だから、家令としてティンエルジュ家に入り込んでいた宗王の側近ラーゼフに巧みに言いくるめられ、後宮行きを決めてしまった。ラーゼフは王都へ行き、後宮に入ればラインハルトと会えるようになるとメリルをそそのかしたのだ。

ラーゼフは狡猾な男で、ラインハルトとメリルがかつてどのような関係であったのか、宗王に話していた。宗王は創作が混じったラーゼフの話を信じ込み、涙した。そして、ラインハルトにメリルと子を成し、まめに後宮に顔を出すよう命じる。

やがてラインハルトとメリルの間に男児が生まれた。それがマルク王子だ。宗王は念願の王子の誕生をたいそう喜んだ。

ラインハルトは男児の誕生に胸を撫でおろした。後宮で唯一の男児を産んだメリルはこれで死ぬまで安泰だろう――

そう安心していた。

しかしメリルはマルク王子のことを愛さなかった。たびたび高熱を出し、寝込む息子のことを冷ややかな目でいつも見ていた。

それでもラインハルトはメリルを冷たい女だとは思わなかった。後宮で生まれた子は宗王のもので、自分達の子ではない。周囲がそう言わんばかりの圧力を掛け続ければ、子を愛せなくなるのも仕方がないかもしれない。

そして、さらなる不幸がメリルを襲う。マルク王子の十歳検診の際、彼に生殖能力がないことが分かったのだ。

その原因は、母方の血による遺伝病にあったが、ラーゼフは宗王にラインハルトの胤《たね》に問題があると主張したことで、メリルには別の男があてがわれることになった。彼女はそれを強く拒否し、ラーゼフ殺害に至ったのである。そしてメリルは自死を図ろうとした。

(ティンエルジュ侯がメリルを幸せにできていれば、彼女はそもそもラーゼフの口車にのらなかっただろう……こんなことにはならなかったはずだ)

ラインハルトはリオノーラの父、ティンエルジュ侯ルシウスのことを強く恨んだ。ルシウスに自分が味わった苦しみを味わわせたいと思い、その一心でリオノーラを王都まで呼び寄せたのだ。

ルシウスはリオノーラとアレスの結婚を認めておらず、なんとか別れさせたいと画策している。二人の婚姻がこれからも続けざるを得ない状況に持っていくことができれば、それだけでも充分復讐になる。

幸いにも、自分以外にもリオノーラの王都移住を望む者がいた。アレスの父、アーガス・デリングと、アレスの姉、レイラ・アーガットだ。

レイラは子どもの頃から知っている二人の幸せを純粋に望んだ上での行動だが、アーガスは違う。

(アレスとリオノーラ様……。手のひらの上で転がされる彼らを不憫に思わなくもないが……)

この国で生きる限り、しがらみからは逃れられない。ラインハルトはそう考えると、自分がしたことを棚に上げたのだった。

◆◇◆

無事後宮から抜け出した二人は、アレスが手配していた馬車に乗り、王立騎士団の寮に戻ってきた。部屋に入るまで二人は無言だった。お互いに何を話せば良いのか分からなかったのだ。

二人とも埃塗《ほこりまみ》れ。王城帰りにはとても見えない有様だ。

「母がどうしているのか、知りたかったのです……」

外套を脱ぐアレスの背に、リオノーラは今にも泣き出しそうな声をかける。ぐずついた声に、アレスが振り向いた。

「ラインハルト様から、マルク様が私に会いたがっていると聞かされて……。マルク様にお会いできれば、母の近況を知ることができると思ったのです」

「……リオノーラ」

「……でも、たぶん、お母様の具合が悪いとかで、会えない状況なんですよね？」

リオノーラの大きな空色の瞳が潤《うる》む。

「それは」

「マルク様のご様子を見て、分かりました。アレス様も王城でのことをお話しされないので、なんとなく分かっていました……」

頬に伝う涙を、リオノーラは指先で拭う。泣くつもりはなかった。でも、いつもの部屋に戻ってきて気が緩んだのかもしれない。

「……すみません、俺もあまり深くは事情を知らなくて。マルク様とはいつも後宮の外で会っていました。マルク様は幼いのにしっかりしておられますから、落ち込んだ顔は見せませんでしたし……」

「お役に立てず、申し訳ありません」とアレスは頭《こうべ》を垂れる。

「いいんです。私こそ、勝手に王城まで行ってごめんなさい。アレス様は私を心配して、あんな……天井裏にまで来てくださったのですよね」

「……はい」

「もう勝手に王城へ行ったりしないので、これからもここに置いてほしいです」

自分はここに置いてもらっている立場なのだ。勝手なことをしてアレスに嫌われたら、追い出されてしまうかもしれない。

「ずっとここにいてください。俺のほうこそ、頭ごなしに怒ってしまって申し訳ありませんでした」

「アレス様、あ、ありがとうございます……！」

リオノーラは埃塗《ほこりまみ》れのまま、アレスにひしと抱きついた。

◆◇◆

シャワー室で頭から水を浴びながら、アレスは考えていた。

アレスはリオノーラに後宮の事情を深くは知らないと言ったが、半分嘘である。

彼は五年前の剣闘技大会でマルク王子に気に入られてからというもの、戦時中や戦後処理期間を除けばほぼ毎週のように王城へ呼ばれていた。時には男子禁制の後宮に案内され、こっそり紅茶や菓子を馳走になったことさえある。

リオノーラの母メリルとも、何度か顔を合わせた。

アレスから見たメリルは、いつもピリピリとした空気を纏わせた神経質そうな女だった。王の側《そば》女《め》とは思えぬほど痩せており、服装も他の侍女と変わらない、首まで詰まった紺色のドレスをいつも着ていた。

マルク王子が笑顔で抱きついても、メリルはいつもにこりともしなかった。王子の母としてそこにいることを求められているから、ただそこにいる——口に出さなくても、メリルがマルク王子の存在を良く思っていないことはひしひしと伝わってきた。

それでも母親を慕うマルク王子を不憫に思い、アレスは極力マルク王子が提案する遊びに付き合っていた。

子爵の庶子として生まれたアレスは、六歳で兵学校に上がるまでは実母と共に暮らしていた。アレスも実母から疎《うと》まれており、修行と称して虐待まがいな目に遭っていた。もちろん笑顔を向けられた記憶はない。そんな自分とマルク王子を重ねていたのだ。

アレスは実母の死後、七歳の時に父方のデリング家に引き取られた。幸いにも義母と兄二人に温かく迎え入れてもらえた。

マルク王子には男兄弟がいない。彼の兄のような存在になれたらとアレスは思った。

後宮に入ったメリルの身をリオノーラがひそかに案じ続けていたことは、アレスも気がついていた。幼い頃のリオノーラはよく「お母様は今どうしているかしらね？」と口にしており、アレスは「俺が騎士になったら、後宮にいるお母上と会えるようにしますね」と約束していたのだ。

しかしアレスはティンエルジュ家の使用人の噂話から、リオノーラがメリルに虐待されていた事実を知ってしまう。

（リオノーラとメリル様はこのまま会わせないほうがいいと、今の今まで考えていた……。だが、それで本当に良かったのだろうか？）

アレスはリオノーラの涙を思い出す。

（……しかし、メリル様はリオノーラを嫌っている）

もう二年以上も前。リオノーラとの結婚が決まり、マルク王子に王城に呼ばれた際、メリルにも念のため結婚の挨拶をしようと思った。

（あの時のメリル様の言葉は本当にひどいものだった……）

『リオノーラの肖像画を見たけれど、あんな醜い娘と結婚しようとするなんて……。さすが卑しい生まれの人間は、成り上がるための手段を選ばないのね』

そう言い放ったメリルの表情はひどく冷めたもので、アレスは思わずカッとなって言い返してしまった。

『リオノーラは醜くありません。私は彼女を世界一美しいと思い、求婚しました！』

（……今思い出しても腹が立つ）

その時にアレスは心に決めたのだ。実母が愛さなかった分も、自分がリオノーラを愛そう、と。

そして、リオノーラの前ではメリルに関する発言は極力控えようと考えたのだ。

だが、その判断が正しかったのかどうかは、分からない。リオノーラの涙を目にしたアレスの心は揺れていた。


同居生活十日目の昼。アレスは一人、リオノーラが通っている大衆食堂の前にいた。ちなみにリオノーラはいない。今朝から月のものが来てしまった彼女は部屋に籠もっている。アレスは彼女の代わりに昼食を買いに来たのだが、別の目的もあった。

ラインハルトの元部下の店主のことが気になったのだ。

（あの店主はピンポイントで補佐長とリオノーラが後宮に行ったと言い当てた……。偶然かもしれないが、何か引っかかる）

「いらっしゃいませー！」

油の匂いがする店内に入ると、すぐさま店員の元気な声が飛んでくる。が、見たところ目的の店主はいない。

「店主はいないのか？」

アレスが店内で忙しく働いている若い男の店員に声をかけると、彼は眉尻を下げた。

「おやっさんは実家へ帰りました。なんでも急に親が倒れたとかで……」

「実家？　よくあることなのか？」

「まあ、おやっさんの親御さんもそれなりの年齢でしょうし……たまに。でも、店は大丈夫ですよ！」

昨日の今日である。店主に聞きたいことがあったアレスは納得がいかないと思いつつも、オムライス（大盛）とミニサラダ丼（小）を購入した。こういう食堂では、器を持参すると定価より安く持ち帰りができるのだ。ほかほかずっしりとした器を大きな布で包み、店を出る。

今日はこれからリオノーラと昼食をとった後、ドグラとの打ち合わせがある。なかなかリオノーラとの二人の時間が取れず、やきもきするが仕方がない。

今日の打ち合わせの内容は、リオノーラの次の婿候補、ブラッドに関することだからだ。

「えっ、アレス様のはそんなちょっぴりなんですか?」

笑顔で大盛オムライスを受け取ったリオノーラは、アレスのミニサラダ丼を見て驚いた顔を見せた。頭にミニとはついているが、あの食堂のどんぶりである。普通にひと抱えほどの分量はある。南方地域で採れた白米の上に、千切りにしたキャベツをふんわり載せ、細かく割いたささみ肉を載せた一品だ。その上から特製ソースがかかっている。ちなみにアレスは米少なめを選んでいた。

「朝も豆のスープしか召し上がっていないのに……。足りるのですか?」

「ここしばらくろくに動いてないですからね。成長期でもないので、栄養は必要最低限で大丈夫です」

淡々とそう言ったアレスだが、彼は今朝も剣を振るいに詰所に隣接した演習場へ行っている。毎日詰所内にある体重計に乗り、体型維持に努めているのだ。適度にしなやかな筋肉がついた細身の身体は、日々の努力の賜物《たまもの》だ。

「すごいですね……。私は食べないと死んじゃいます」

は~とため息をつきながら、リオノーラがオムライスに大きなスプーンを突き刺す。硬めに焼いた卵で包んだオムライスの中身は、目にも鮮やかな橙色《だいだいいろ》のチキンライスである。現在王都で流行《はや》っているとろとろ卵のデミグラスソース掛けでないところが、リオノーラは気に入っているようだ。

このオムライスも、おそらくは王立騎士団の戦闘糧食のアレンジだと思われる。宗国料理のオムレッと、南方地域の米食を合わせたのだろう。

ものすごい勢いで黄金の山をスプーンで切り崩していくリオノーラを見て、アレスはこれは詰所で有名になるのも無理はないなと思った。

「大食漢の美少女がいる」と、アレスとリオノーラの関係を知らない一般兵達が喫煙所で噂していたのだ。今年で二十一歳になるので正確には「少女」ではないのだが、背が低く顔立ちもどちらかと言えば童顔のため、彼女は若く見られやすい。また、王立騎士団は男が圧倒的に多い職場だ。女性を目にする機会が少ない彼らの美少女判定の基準は決して高くない。小柄で可愛らしい女性がいたら、それはもう美少女なのだ。

なお、アレス達が暮らす寮には、王立騎士団関係者の来訪があったが、彼のもとへわざわざ訪ねてくる人間達は口が固く、リオノーラのことを吹聴しなかったようだ。

(……ブラッドが、リオノーラと接触していたとは)

リオノーラは何も言っていなかったが、彼女がミリオノル侯爵家の次男ブラッドと例の大衆食堂で遭遇していたことは、詰所中の噂になっていた。噂の大食い美少女が、花形部隊である近衛師団の男と親しげに話していたと。美少女を奪われそうで残念がる男どもに、アレスが静かに脅しをかけたのは言うまでもない。

日増しに、アレスの内にあるリオノーラへの独占欲が強まっていく。

アレスは美味しそうにオムライスを頬張るリオノーラの顔をじっと見つめた。

◆◇◆

リオノーラとアレスが後宮を訪れた四日後、彼らの同居生活が始まってからちょうど二週間が経った、ある日のこと。

王都の古びた屋敷の一室に、三人の男達がいた。

「ひぃぃぃっ！」

後ろ手に縄で括られた大柄な男が、どさりと音を立てて床に投げ捨てられる。くすんだ金髪が埃《ほこり》っぽい絨毯《じゅうたん》の上に広がった。大柄な男は悲鳴をあげながらも、自分を縛り上げた男達をキッと睨《にら》む。

「騎士の風上にも置けない、特務師団の犬どもめ！　王家に仕える近衛師団の騎士であるこの私にこんなことをして、ただで済むと思うなよっ！」

「いや～……ブラッドさん。王家に仕える近衛師団の騎士サマが、こんな簡単に縛られてちゃ駄目だと思うんすけど」

「うるさい！　おい、アレス・デリング！　一体なんのつもりだ！」

縛られた男の視線は、自分のすぐ横で軽口を叩く金髪のツンツン頭の男ではなく、その隣の、癖のない黒髪の男のほうへ向けられた。

激昂するブラッドとは裏腹に、黒髪の男――アレスは冷静だ。氷のように冷徹な目でブラッドを見下ろす。

「ブラッド・フォン・ミリオノル。あなたにお願いしたいことがあります。こちらの要求を受け入れてもらえるのならば、すぐにでも解放しましょう」

「お願いしたいことだと……？　リオノーラのことか？」

ブラッドの言葉に、アレスの形の良い眉がやや吊り上がる。

「ブラッドさんブラッドさん、ティンエルジュ侯爵からリオノーラ様との婚約の話が来てると思うんですけど、あれ、ブラッドさんから断ってもらえないですかね？」

金髪のツンツン頭のドグラはかなり馴れ馴れしい物言いでブラッドに要件を伝える。

ブラッドはティンエルジュ侯爵が決めた、リオノーラの次の婿候補だ。

通常、離縁がまだ成立していないのに次の婿を決めて婚約することなどあり得ないのだが、リオノーラとアレスの結婚は貴族と平民の格差婚、いわゆる貴賤結婚である。アレスの父親は貴族だが、彼は庶子なので平民扱いなのだ。そしてアレスは次期ティンエルジュ侯爵として指名されていない。

アレスはリオノーラの歴とした夫ではあるが家の跡継ぎではないので、王命と言えども通常の貴族同士の結婚よりも扱いは軽いものとされているのだ。

「ふざけるな。そんなことできるわけがないだろう！」

ブラッドは当然、ドグラの要求を却下する。彼は名門ミリオノル家の出身だが、上に兄がいるので嫡子ではない。王立騎士団の近衛師団の騎士という立派な肩書きを持つが、それでも侯爵家の次期当主の座は魅力的に映った。しかも国の南半分を領地として持つティンエルジュ家の婿だ。こんな美味しい話、断る男はなかなかいないだろう。

「アレス、お前だって名門ティンエルジュ家の次期当主の座に目がくらんで、宗王に結婚を願い出たのだろう！　南方移民の血を引く浅ましい男が怪しい薬を使ってまで戦果を上げ、ティンエルジュ家の後ろ盾を得ようとしたと、社交界では語り草になっている！　お前のせいでティンエルジュ侯やリオノーラがどれだけ肩身の狭い思いをしているか、分かっているのか！」

狭い室内がびりびりと震えるような大きな声をあげ、ブラッドはアレスを糾弾する。が、アレスは表情を崩さない。ひとつ息を吐くと、静かに語り出した。

「……あなたの甥のアヴェラルドが、この春、兵学校に入学したそうですね」

「それがなんだ。なんでそんな話をいきなり……」

「あなたの妹のティータは、教師の青年との間に子ができて駆け落ちしたとか……。表向きは東国の貴族に嫁いだことになっているそうですが」

「おい」

「ああ、忘れていました。あなたご自身も、ミリオノル家が懇意にしている商家の三男と長年良い仲らしいですね。名はたしかロベルト――」

「おい！　何が言いたい！」

アレスが口にしていることはすべて真実だった。ごく一部の者しか知らないはずの個人情報を次々にバラされたブラッドの顔色がみるみる青ざめていく。

一番の秘密事項はブラッドの性嗜好についてだ。ブラッドは生粋《きっすい》の男好きだった。その事実は、一部を除けば知られていないはずだ。

「あなたが男を好むというのは本当なのですか？」

「……ふん！　男を好む男など、王立騎士団では珍しくもなんともないだろう。ティンエルジュ侯も、私の性嗜好はご存知だ。卑しい生まれのお前は知らないだろうが、貴族の結婚はあくまで仕事だからな。私は男の恋人を持つが、権力のある家の女性と結婚したいと願っている。実家のミリオノル家のためにもな」

アレスが所属する特務師団は、情報収集の専門集団だ。誤魔化しても無駄だと考え、ブラッドは即座に開き直る。ふてぶてしい態度で、リオノーラの父親から持ち掛けられた結婚話を暴露し始めた。

「ティンエルジュ侯は歴とした家の出の、どこに出しても恥ずかしくない婿をご所望だそうだ。貴族の役目さえ果たせば、外で愛人を作ろうが何をしようが詮索はしないと仰った。リオノーラと同居する必要もないと言われたんだ。こんなに素晴らしい話はなかなかない」

「貴族の役目？」

「子を生《な》すことと、社交だ。女と交わるなんて寒気がするが、今は良い薬があるらしい。医者が決めた日と社交の日にだけリオノーラと会えば、あとは自由！　……私だって、できれば女と結婚なんかしたくないが、貴族に生まれた者の務めだ」

「男の恋人とは別れないのですか？　リオノーラを愛そうとは思わないと？」

「ロベルトと別れるつもりはない。それに、リオノーラは男からの愛を必要としない人間だ。彼女とは長い付き合いだが、食い意地が張っていて、勝ち気だし、いつも自領のことばかり考えている。彼女が誰かの愛を欲するような、繊細な人間だとは到底思えない。

「分かりました。……ではドグラ、お連れしろ」

「あいあいさー！」

アレスの呼び掛けを受けてドグラが力強く扉を開けると、そこにはぶるぶる震える簡素な服を着た男と、腕章を付けた灰色の騎士服の男が立っていた。

震える男を見たブラッドは叫ぶ。

「ロベルト!?　なぜ……！」

ロベルトと呼ばれた男はぼろぼろ涙を零し、嗚咽《おえつ》を漏らしている。彼はブラッドの七年来の恋人だった。

「彼がすべて話してくれましたよ。あなたの悪所通いや、王立騎士団の寮でない場所に住んでいることをね」

ロベルトの隣に立っている銀髪の男は、自身の丸眼鏡の蔓《つる》を指で摘み、引き上げる。彼の腕にある腕章は監査部の証である。監査部は王立騎士団に所属する者の風紀を取り締まる部門だ。

ブラッドの顔色がますます悪くなる。

「お前は監査部のウエンス……！　もしや、今の話を全部聞いて……!?」

「ええ、すべて聞かせていただきました。ここは壁が薄いですからね。日頃からあなたの行動は目に余るものがありました。近衛師団は王族や貴族の護衛、王城内外の警備を担う。私生活においても高潔さが求められる。……それなのにブラッド、あなたと来たら。寮の部屋を勝手に出て男の家に入り浸るわ、口にするのも憚《はばか》られるような行いをするわ……もう散々です」

「くっ……」

「ミリオノル家の力を使って近衛師団の編成担当を黙らせていたようですが、監査部としてはもうこれ以上あなたを放っておくことはできません。それに、近衛師団に不貞は御法度です。ティンエルジュ家との縁談もあるようですが、結婚後も恋人宅に入り浸るようなら、騎士号は剥奪させていただきます」

「ま、待て！　それは困る‼」

「なぜです？　あなたは大貴族家の婿になるのですよね？　近衛師団の騎士を続ける理由はないでしょう」

「ティンエルジュ侯は王立騎士団とのコネを欲している……！　私が騎士でなくなったら、そもそもの結婚話がなくなってしまう……！」

ティンエルジュ侯爵がブラッドを婿にと望んだ理由は二つあった。

ひとつはブラッドの実家、ミリオノル侯爵家との縁づくり。

もうひとつは、王立騎士団とのコネだ。王立騎士団内でもっとも力を持つのは近衛師団である。

ティンエルジュ家の主な生業《なりわい》は養蚕と、蚕からできた絹糸を用いた服飾の生産だ。騎士の制服や外套の刺繍などには、絹糸が多く使われている。ブラッドは家の力で王立騎士団の至るところに顔が利くため、騎士服やその他装備品の専売を狙っての政略結婚話だった。

「ブラッド」

「な、なんだ、アレス」

ウエンスに気を取られていたブラッドは、アレスに声をかけられてびくりと肩を震わせる。

「リオノーラは男の愛を必要としない人間かもしれないが、彼女にだって、唯一無二の伴侶から愛される権利はある」

アレスは敬語を使わなくなっていた。言葉遣いが急に変わったことに、ブラッドは背に冷たいものが這う思いがした。

「……………アレス」

「伴侶が外で愛人を作り、特定の日だけ交わりに帰ってくる状態になったら、誰でも屈辱だろう。俺はそんな屈辱をリオノーラに味わわせたくない。ブラッド、あなたがこの結婚話を断らなければ――」

「……ひっ！」

「あなたはすべてを失うことになる」

言いながら、アレスが腰に下げていた剣を引き抜いた。

鈍い輝きを放つ刀身を目にしたブラッドは震える。歯がかちかちと鳴り、身体を起こしていられないほど膝がガクついた。

アレスの二つ名は「宗国の猟犬」。どれだけ名が轟《とどろ》いている歴戦の将軍だろうが、剣豪だろうが、上の命があれば確実にその首を討ち取ってきた。

「ひっ、ひぃぃ……！」

ブラッドも当然、アレスの戦歴は知っている。宗西戦争後、彼が獲ってきた敵将首もいくつも目にしていたからだ。状況を鑑みれば、ここで自分が殺されることなどあり得ないと、ブラッド自身も分かっていたのだが——

「あっ……」

ブラッドの股間や太腿が見る見るうちに濡れていく。彼は白目を剥いて気を失ってしまった。

◆◇◆

気を失ったブラッドとその恋人ロベルトは、駆けつけた他の監査部の人間達によって連行された。

おそらく、ブラッドはリオノーラの次の婿になる話を断るだろう。たとえ引き受けたとしても地獄の展開が待っているだけだからだ。

ブラッドが長年の恋人であるロベルトと別れ、悪所通いをやめればまだ道は開けるだろうが、生《き》粋《っすい》の男好きであるブラッドが男なしで生きていけるとは思えない。

「しかし、リオノーラ様も大変っすねえ」

監査部が持ってきたブラッドに関わる調査書をぱらぱらめくり、ドグラは「うげっ」と声をあげる。

「いくらお家のためとはいえ、あんな男と再婚させられそうになるなんて……。このままアレスさんと一緒にいたほうがリオノーラ様は絶対幸せっすよ！」

　ふんっと鼻を鳴らして胸を張るドグラの隣で、アレスは難しい顔をした。

「……俺は未来永劫、リオノーラだけを愛する自信はあるが、それでリオノーラが幸せかどうかはまた別問題だ」

「は～～……アレスさんみたいな色男から『未来永劫、愛する』なんて言われたら、世の中のほとんどの女性は他に何も望まないと思いますけどねっ！」

「……世の中、愛だけでは食べていけないからな。特にリオノーラは領主家の一人娘だ。後ろ盾のない俺の妻でいるメリットはないと思う」

「そんなことないっすよ。アレスさんの親父さんは長者番付トップクラスだし、何よりティンエルジュ家が望むような王立騎士団のコネなんか、これからいくらでもできるでしょう？　アレスさんは王子サマのお気に入りだし～、メリットだらけっすよ！　こんなに将来有望な人、他にいませんも！」

　アレスは胡乱《うろん》げにドグラを見る。この男は海運業を営む商家の出身だからか、口が上手いというかなんというか、言うことが軽いのだ。

「……ドグラ、後は頼む」

「うっす！　任せといてください！」

　アレスが古びた屋敷を出ると、すでに日は暮れかけていた。

　今回のブラッドの件は、アレスから監査部のウエンスへ、それとなく持ちかけた。

アレスはマルク王子絡みで王城へ出向くことが多い。そして監査部は王城内にある。監査部長の補佐役を務めるウエンスとは士官学校の同卒生で、所属は違うが似たようなポジションに就いている。二人は王城内で顔を合わせた際、ちょっとした世間話のついでに、互いの口から出たのがブラッドの名だった。

そこからはあれよあれよと言う間に彼の身柄を確保する流れになった。近衛師団の規律をいくつも違反しているブラッドは、このまま軍法会議にかけられる。おそらく他の騎士や一般兵達への見せしめとして、重い罰が下るだろう。

（……金をかけた甲斐があったな）

罰せられると分かっていて、おとなしくしている騎士はあまりいない。騎士は裕福な家の子息も多い。家の金を使って遊学と称して国外へ逃げる者がいるのだ。今回は軍法会議が終わるまで、ブラッドの身柄を確保するために小隊を編成した。

人を動かすための肝心の予算には、アレスが自腹を切った。ブラッドを持て余しながらも監査部がなかなか動けなかった理由も、予算不足にある。しかし、金さえあれば人員を割くことができるのも事実。

アレスが費用を自己負担してまで、ブラッドをティンエルジュ家の新たな婿候補から降ろしたいと知ったウエンスは、俄然やる気になってくれた。ウエンスは自ら望んで監査部へ入るぐらい、正義感が強い。アレスのリオノーラへの並々ならぬ想いを知り、応援するとまで言ったのだ。

ウエンスの目的は、私生活が乱れに乱れきっているブラッドを何がなんでも近衛師団から追い出すことである。近衛師団の騎士が何かをやらかすと、監督不行き届きということで監査部まで罰せられてしまう。それだけは避けたいと思ったウエンスが、アレスの話に乗ったのだ。

アレスは宗西戦争の、陰の立役者である。国から使いきれないぐらいの報奨金を与えられた上、西の帝国の土地まで手にしている。アレスには唸《うな》るほどの金があった。


「おかえりなさいませ、アレス様！　お夕食ができてますよ」

戸建の寮の部屋に近づいた時点で、すでに食べ物が煮える良い匂いがしていた。玄関の扉を開けると、そこにはエプロンドレスの裾で手を拭うリオノーラがいた。

湯気が立つ鍋からは、何やら香辛料の匂いがする。

「リオノーラ」

「わっ」

アレスは近寄ってきたリオノーラの身体を抱き寄せた。栗色の頭の後ろに手を、背に腕を回し、彼女の首元に顔を埋める。息を深く吸う。甘くて柔らかな愛しい妻の匂いがした。

五日前に始まった月のものは昨夜終わったと、リオノーラから伝えられていた。彼女は月のものが比較的軽いらしく、三、四日もあればだいたい終わるらしい。

アレスは妻の月ごとの務めがなるべく早く終わることを願っていた。

リオノーラの顎先を軽く摘んでクイと上げると、彼女の長い睫毛《まつげ》がぱたぱたと瞬《またた》いた。きょとんとしたリオノーラが愛らしく、吸い寄せられるように彼女の桃色の唇に自分の唇を軽く押し当てる。

「んっ……」

はじめは触れるだけの口づけを落とし、リオノーラの身体から力が抜けたところで、角度を変えて口づけを深めた。開いた小さな口に舌をそろりと侵入させて、数日ぶりの妻の口内を堪能する。

月のものがある期間はあえて性的な接触は控えていた。口では病気ではないと言いつつも、リオノーラはどこか辛そうにしていたからだ。男の自分では分かってやれないこともあるだろうと、肌の触れ合いよりも家事を多めに行うなど、彼女が休めるようにした。

リオノーラの腰まわりを撫でながら、アレスは言う。

「……リオノーラ、食事は後からにしましょうか」

「えっ、お、お腹が空いているのでは……？」

「平気です。今からあなたを頂きますから」

会話は微妙に噛み合っていない。が、リオノーラは顔を赤くしてこくこくと頷《うなず》いた。

◆◇◆

ベッドの上、久しぶりの性行為に、裸になったリオノーラは身を強ばらせる。せっかく作った夕食を後回しにされたのに、怒る余裕もない。

「あ、あの……アレス様」

「久しぶりで怖いですか？」

「えっ、と。怖くはないですけど……」

「なるべくゆっくりしますから」

そう言って、アレスはリオノーラの身体をゆっくり撫で始める。

肌が剥き出しになった彼女の肩や背中を中心に、骨ばった大きな手が這う。剣だこのある硬い手のひらの感触に、リオノーラは少しずつ身体の緊張を解いていった。

たった一度だけ交わっただけなのに、その手の感触がずいぶんとなつかしく感じた。

「んっ……」

また、どちらからともなく唇を重ねる。水音を立てて舌を絡ませると気持ちが良くて、リオノーラはうっとりとした。口づけをしている間もアレスの手の動きは止まらない。その手はだんだんと際どいところへ下りていく。

胸の膨らみを握り込まれ、わずかに眉間に皺《しわ》を寄せた。決して強い力ではないのに、ツンと尖った先端に手のひらや指が触れると、どうにも落ち着かなくなる。

「横になりましょうか」

アレスに促され、リオノーラは大きな枕を背に横になった。

騎士服を脱いだアレスがリオノーラの正面に陣取り、彼女の腹に顔を埋める。リオノーラは当然、驚いた。肌に舌を這わせられ、みじろぐ。くすぐったいのと恥ずかしいので頭がどうにかなりそうだ。

へその近くをじっとり舐《な》められながら、両手で腰回りの肉付きを確認するように揉《も》み込まれる。

どうしたら良いか分からず、リオノーラは口元を両手で覆った。王都にやってきてからのこの二週間、彼女は食べに食べまくった。以前よりもふっくらした腹部を愛撫されている。嫌ではないが、恥ずかしい。それにへその周りを舐《な》められていると妙に下腹が疼く。落ち着かなくて、もぞもぞと両足を動かした。

「くすぐったいですか」

「少し……」

「身体を楽にしてくださいね」

アレスは一旦身体を起こすと、今度はリオノーラの脚の間に顔を埋める。柔らかな内腿に痺《しび》れのような痛みを感じ、リオノーラはわずかに声を漏らした。

アレスはリオノーラの内腿に吸いついているようだ。ちゅっちゅとリップ音がするたび、リオノーラは恥ずかしくて顔を手で覆ってしまう。彼の秀麗な顔が、秘めた場所の傍にあるのを見ているだけで、胸の高鳴りが止まらない。

リオノーラのもっちりした内腿に思う存分紅い痕をつけたアレスは満足したのか、今度は彼女の陰核に指を伸ばした。陰核を軽く擦ると、硬さを帯びたそれになんの躊躇《ちゅうちょ》もなく口をつける。

「えっえっ、やっっ……！　ああぁぁっ！」

リオノーラは強い刺激に悲鳴をあげた。ふいに脚の間に異物感を覚える。アレスは陰核を口淫しながら、さらに膣口に指を含ませているらしい。陰核をちろちろと舐《な》められるたび、膣口はぎゅっと窄《すぼ》まり、膣壁越しに指の硬い感触が伝わってくる。

「あぁぁっ……！」

陰核を舐《な》められながら膣壁を擦られると、腰の震えが止まらなくなる。リオノーラは首を反らして喘いだ。

アレスは指を引き抜くと、リオノーラの膝を掴み、脚を開かせる。

「リオノーラ、いいですか？」

「えっ、あ、はい……うっ、ううっ」

自分の体格に合わないものを一気に隘路《あいろ》に挿《い》れられ、思わず呻《うめ》く。久しぶりの圧迫感に、つい可愛くない声が出た。一物を埋められた場所が、自分の身体ではないみたいに熱い。

「リオノーラ、大丈夫ですか？」

「うっ……ううっっ」

「やめますか？」

「やめません……！」

リオノーラは歯を食いしばる。ここでやめるなどあり得ない。

(今回は月のものが来てしまって駄目だったけど、次はアレス様のお子を授かりたいもの！)

当初は離縁回避のためアレスに性行為を迫ったリオノーラだったが、今では本気で彼の子どもを授かりたいと考えていた。

◆◇◆

つい半月ほど前まで女の味をまったく知らなかったアレスだが、性行為は、相手を気持ち良くさせることに注力すれば、自分ももっと好い思いができるということを瞬《また》く間に学習した。元々凄腕の剣士である彼は、身体を動かすことは得意だ。心から好いている相手と、全身を使って快楽を共有するのは純粋に楽しかった。

自分の手で、腕の中にいる女に快楽を与えてやれている。そんな自負を持ってしまったアレスはつい、リオノーラに聞いてしまった。

「リオノーラ」

「は、はい……」

「俺のこと、好きですか?」

一物の先で秘部の奥深くを捏《こ》ねてやりながら、アレスはリオノーラに問う。彼女が好む行為をしてやっている最中なら、簡単に屈すると思ったのだ。

「すっ、好きですっ!」

アレスの思惑通り、リオノーラはすぐに彼の望む言葉を返した。ご褒美を与えるように剛直をさらに奥までねじ込み、先をぐりぐりと子宮の入り口に擦り付ける。もっとも弱い最奥を攻められたリオノーラは、また大きく背をのけぞらせて達した。

「リオノーラ、もっと言ってください」

「んっ、好き……」

「もうひと声欲しいですね」

「だ、大好きです……！　あっ、あぅっ」

リオノーラの尖りきった胸の先を指先で軽く摘み、つねり上げながらアレスはさらに問う。リオノーラが喘ぎながら叫んだ。

「あぁぁっ！　アレス様……！　好きっ……！　だいすき、んんぅっ」

汗で濡れた髪を撫でながら、アレスはリオノーラに口づける。もっとたくさん好きという言葉を聞きたいが、口づけもしたい。

「ふぅっ、ふっ、ぅっ……」

リオノーラの口内を舐《な》め回しながら、アレスは腰を打ち付ける速度を速めた。肌がぶつかる乾いた音と、結合部からはぬかるみを歩くような音が漏れる。一物に充分刺激を受けたアレスは、リオノーラの中へ白濁を吐き出した。

「……ぅっ」

吐精が終わって落ち着くと、肩で息をしながら、アレスは少し柔らかくなった自身を引き抜いた。塊のような白いものが赤黒い肉棒にこびりついている。

「いっぱい出ましたね！　次こそは子どもを授かれるといいのですけど」

起き上がり、自分の股に流れ出てきたものを見たリオノーラが笑うが、久しぶりに精を吐き出したアレスは少し泣きたい気持ちになっていた。

ブラッドのことを思い出したのだ。

リオノーラの婿の座を狙う貴族の男はブラッドの他にもいる。ブラッドを退けたところで、そんなものは一時しのぎにしかならないと、アレスは考えていた。

（自分に、力さえあれば……）

ベッドの脇に置いていたタオルで自分の身体を拭き、床に脱ぎ捨ててあった灰色のボトムを穿くと、アレスは寝室から黙って出ようとする。

「あっ、アレス様！　お食事はどうされますか？」

「もう満足しましたから、結構です」

「ええっ……」

やはり、二人の会話は噛み合わない。寝室にはリオノーラが一人、残された。

◆◇◆

「アレス様は、クズよ……！」

「まあまあ。落ち着けよ、リオ」

同居生活十五日目の昼。怒り心頭のリオノーラは、寮の部屋でレイラと早めのランチを食べていた。

メニューは昨夜、リオノーラが作ったスープだ。アレスが辛いものが好きだと言ったので、図書館までわざわざレシピを調べに行き、苦労して作ったものだった。それをアレスはひと口も口にせず、今朝もさっさと出かけてしまった。

赤い色をした具沢山スープを口に運ぶレイラは、困ったように微笑む。

「美味いぞ、リオ」

「ありがとう、レイラ。うぅっ……！　ムカムカしすぎて頭がどうにかなりそう！」

「まあ、せっかく作ったものを食べてもらえず、やることやってさっさと二階へ行かれたら、そりゃ腹が立つわな」

「ほんと！　なんなのもう！」

「婿殿には怒ったのか？」

レイラの言葉に、リオノーラは下唇を噛み、首をぶんぶん横に振った。

「……怒ってないわ。だって喧嘩したくないもの」

「らしくないなぁ」

レイラがふーっと呆れたように息を吐き出す。

「自分でもらしくないと思うけど、ここを追い出されたくないし……」

「追い出さないだろう、婿殿は」

「そんなの分からないわ。だってアレス様が何をしているのか、よく分からないんだもの！」

一ヶ月間の有給休暇中のはずなのに、アレスはちょくちょく出掛けていく。リオノーラが詮索しないからか、アレスはどこで何をしているのかを彼女に伝えることはあまりしない。

王城や詰所以外にも行っているようなのだが、アレスは言わないのだ。

リオノーラは日々、不満を募らせていた。

「婿殿に聞いたらいいじゃないか。どこで何をしているのかを」

「……アレス様は特務師団所属なのよ？　聞いたらいけないことかもしれないじゃない」

「リオが人に遠慮するようになるなんてなぁ。恋の力はすごいな」

「そんなのじゃないわ。……アレス様と暮らすようになって、怖くなったの」

「何がだ？」

「嫌われるのが……」

レイラの言った通り、リオノーラは彼女なりにアレスに遠慮していた。元来恋愛欲の欠片《かけら》もなかったリオノーラだが、アレスと一緒に暮らすようになり、心境の変化があったのだ。

「別々に暮らしてた頃は、アレス様に嫌われたらどうしようとか、今何をしてるんだろうとか、そんなことあんまり考えたことがなかったのに、今はアレス様が外で何をしてるか気になって仕方がないの……」

「良い変化だな」

「良くないわよ。レイラが来るまでずっと、昨夜のことを繰り返し考えていたし」

昨夜、ベッドの上で「好きだ」と何度も言わされたことを、リオノーラはずっと考えていた。

「そりゃ、婿殿はリオのことが好きなのだから、リオの口から聞きたいだろう。『好き』という言葉を」

「じゃあなんでアレス様は私に『好きだ』と言ってくれなかったの？　私にあんなに言わせた

のに」

「婿殿はリオに聞くのが精一杯で、言うのを忘れただけじゃないか？　人間というのは一番大切で意識してるものほど、口に出して言わなかったりするからな」

「えぇっ、ほんとう？　信じてもいい？」

「もちろんだとも」

不安と期待が入り交じるリオノーラに対し、レイラは大きく頷《うなず》く。

「また似たようなことがあれば、リオから聞き返してやればいい。自分のことをどう思っているのか」

「そうね……うん、そうするわ。ところでレイラはなんで今日ここに来たの？　何か用があったんじゃない？」

また決裁書類が山ほど詰められているだろうトランクをちらちら見ながら、リオノーラはレイラに問う。

「昨日、ブラッド絡みで大きな展開があったらしい」

「ブラッド様絡みの展開……？」

「監査部に所属しているティンエルジュ家の者が、急ぎの伝令を飛ばしてきた。どうもブラッドの不祥事が明るみに出たようだ。おそらくヤツはもう近衛師団にはいられまい」

「まあ……！」

「ブラッドのやつが悪所へ男漁《あさ》りに行っていたことが、監査部にバレたようだ。まあ、監査部もすでに知っていて黙認していた可能性は高いがな。今回ブラッドに、ティンエルジュ家という大貴族の次の婿になる話が来たばっかりに、監査部も動かざるを得なかったのだろう。近衛師団に不貞は御法度だからな」

王立騎士団にはティンエルジュ家の間者が何人か入り込んでいる。レイラはその間者から話を聞いたのだろう。

「そうなの。これでブラッド様が私の次のお婿さんになる話はなくなったの？」

「おそらく白紙だろうな」

「これでひと安心……と言いたいところだけど、今度はもっとタチの悪いお婿さん候補が出てきそうで嫌ね。ブラッド様は男しか好きじゃないし、私のことは好きでも嫌いでもないから都合が良かったけど」

リオノーラは元来、男の愛を必要としない人間だった。もっと言えば、婿を取ってもそれは形だけで、できれば夫となる人間とは別々に暮らして仕事に集中したいと思っていたのだ。

しかし、今は違う。アレスと共に暮らすようになり、リオノーラの考えに大きな変化があった。

リオノーラは嫌なのだ。自分に触れるように、他の女に触れるアレスを想像しただけで、叫び出したくなる。性行為を経験して、それまでぼんやりしていた男女のやりとりが鮮明になった影響もあるだろう。

己の変化にリオノーラ自身が一番驚いている。自分が嫉妬するようになるとは思わなかったのだ。

「お、ブラッドが惜しいか？」

「……ううん。私の旦那様はアレス様だけよ。昔は形だけの旦那様でいいやと思っていたけど、今は嫌。ちゃんと一緒に暮らして、食事をして、愛し合いたい……」

「良いことだ」

「そうかしら。自分の心が醜くなったような気がするわ。アレス様は誰のものでもないのに、独占したいと思ってしまうのよ」

「恋はエゴだからなぁ」

レイラはしみじみと言うと、目を細めた。

◆◇◆

アレスは一人、人通りの少ない道をやや駆け足で歩いていた。詰所でいつも通り決裁処理を行っていたところ、昼過ぎに伝令書が届いたのだ。差し出し人は軍病院。アレスの異母兄二人が入院している場所である。

アレスの兄二人はデリング子爵家当主アーガスの正妻の息子だ。当初は上の兄ダライアスがデリング家を継ぐ予定だったが、現在彼は病を患い、家督を継ぐ話は保留になっている。

アレスには母親違いの兄が二人、父親違いの姉が一人いる。彼はかなり複雑な状況下にある、末っ子の中の末っ子だ。

「婿殿」

「……！」

「そんなに急いでどこへ行く？」

アレスを呼び止める者がいた。肩のあたりで真っ直ぐな黒髪を切り揃え、特徴的な赤い制服に身を包んだ大柄な女だ。彼はハッとして、足を止める。

「レイラさん……」

「顔色が悪いな」

「……すみません、今は急いでいるので、後にしてもらえませんか？」

「何かあったのか？」

レイラの問いに、アレスは口を引き結び、ぎゅっと眉根を寄せる。

「軍病院に兄二人が入院しているのですが、二人とも容体が良くなくて……。俺のもとに伝令が届きました。今、軍病院へ向かっているところです」

「そうか、それは大変だな」

「ええ……」

「私も行こう」

「はっ？」

レイラの突然の提案に、アレスはぎょっとする。この人はいきなり何を言い出すのかと、切れ長の瞼《まぶた》を瞬《しばた》かせた。

「しかし……」

「私の母が多額の金を積まれて産んだ男児の兄達だ。私の関係者でもあるだろう」

「か、金を積まれて産んだ男児……」

「うむ。婿殿は、一族を救うために我が母が産んだ男児だ。違うとでも？」

レイラのあまりの言いように、アレスは絶句する。

彼女の言っていることは間違いではないが、もっとこう、柔らかいもので包んだ言い方ができないのだろうかと彼は思う。ただでさえ、兄達の具合が良くないとの知らせに落ち込んでいるのに、アレスのガラスのような心はひびだらけだ。

それに「私の関係者」の意味が分からない。

「ん？　婿殿、落ち込んでいるのか？　この世に生み出されたきっかけなんて些細なものだ。大切なのはどう生きるかだぞ？　婿殿は婿殿の人生を生きれば良いのだ」

「……レイラさん、急いでいるのでもう行ってもいいですか？」

「そうだな、急ごうか。婿殿」

やはりついてくるのかと、アレスはげんなりする。しかしきっぱり断る度胸など彼にはなかった。


王立騎士団の詰所から、軍病院は目と鼻の先にある。歩いて約二十分。

アレスは病室の真っ白な戸を叩く。すぐに返事があった。

「……やあ、アレス、来てくれたのか」

ごほごほと咳《せ》き込みながら、細身の青年がベッドから身を起こそうとする。アレスの長兄ダライアスはまだ二十代なのに、生まれつき身体が弱いせいか、実年齢よりずっと年嵩《としかさ》に見えた。目の周りは黒く窪《くぼ》み、頬はげっそりこけている。

アレスは慌てて、ダライアスの背を支えた。

「兄上、無理をなさってはいけません」

「……ああ、悪いな。そちらの女性は？」

アレスの後ろにいる、大柄な女の存在に気づいたダライアスがそう尋ねる。

「レイラ・アーガットと申します」

騎士のように胸に腕を当てて深々と腰を折る女を見て、ダライアスは一瞬言葉を失った。アレスそっくりの深緑の瞳を彷徨《さまよ》わせ、乾いた唇を震わせてから、彼もまた頭を垂れる。

「あなたがレイラ……！　ああ、なんと謝罪すればいいのか……！　我が父が、申し訳ありませんでした」

「あなたが詫びる必要はない」

恭《うやうや》しい挨拶から即座にいつもの口調に戻ったレイラは、病床にある男の謝罪をぴしゃりと退ける。

「この大陸の覇者である宗国へ行き、デリング子爵の子を産むと決めたのは私の母だ。我々の一族は母の判断とデリング子爵から受け取った多額の謝礼金で生き延びた。あなたが謝る必要はない」

淡々としつつも力強いレイラの言葉に、二人の男は黙る。彼らが口を開く様子のないことを確認したところで、彼女は再び口を開いた。

「婿殿は、兄者二人に可愛がられていると聞いた」

どこでそんな話を聞いたのだろうとアレスは思ったが、口を挟むことはできなかった。

「そうですね。私とすぐ下の弟イーモンは、アレスを大変可愛く思っております」

「兄上……」

何度も言うが、アレスは庶出だ。宗国貴族の父親と、南方移民の母親との間に生まれた。

当時の宗国貴族の間では、戦闘部族出身の南方移民の妾を持つことが一種のステータスになっており、屈強な南方人の血を引く子どもは身体が強くて死ににくいと評判だった。アーガスもその流行に乗り、南方十二部族の中で一番大きな部族の、それも長の女を欲した。

南方地域では集落で一番強い剣士が長になる。一番強い女の子どもならば、戦争で武功を立てられると考えたのだ。

そんなアーガスの欲望の裏で犠牲になったのは、まだ幼かったレイラである。レイラはアーガスに母親を奪われたのだ。

その事実を知っているダライアスは、頭を下げる。母親違いの弟、アレスのために。

「レイラ様、私の父は許されないことをした。あなたの部族に多少の金は支払ったでしょうが、幼な子の母を奪ったことは人道的であるとは言えません。しかし、そのことは一切アレスには関係ございません。彼には彼の人生を生き、人から愛される権利がある」

「立派なお考えだ」

「いいえ、私は弟可愛さにそう思うだけです」

「そうか。……婿殿は、ティンエルジュ家で立派にやっている」

「レイラ様……」

「何も心配なさるな」

この会話の後、ダライアスは咳《せき》の発作が止まらなくなり、アレスとレイラは病室から退出することになった。次兄イーモンの病室も訪ねようとしたが、こちらは面会謝絶の状況が続いていた。

兄二人は、アレスが宗西戦争で前人未到の戦果を上げ、その褒賞として得た西の帝国の土地に駐在していたが、長兄ダライアスは西の帝国の乾燥した気候に馴染《なじ》むことができず、元々患っていた呼吸器官系の障害を悪化させ、次兄イーモンは西の帝国の反乱軍の暴動に巻き込まれて深手を負ってしまった。

「……兄達が苦しんでいるのは、俺のせいなんです」

「彼らに西の帝国へ行けと命じたのはデリング子爵だろう。それに賛同したのは兄者らだ。婿殿のせいではない。無駄に落ち込んでいる暇があるなら、やるべきことをしろ」

軍病院のエントランスのソファで二人は並んで座っている。

「レイラさんはなんでそんなにお強いのですか？」

アレスはずっと疑問だった。この異父姉のレイラは、通常ならば怨みや怒りで苛まれそうな目に遭ったというのに、いつも達観している。

レイラとデリング子爵がティンエルジュ家で話している姿を何度も目にしているが、至って普通なのだ。レイラは誰に対しても態度を変えない。常に堂々としている。その様を、アレスは単純に「強い」と評した。

「私は強くなどないぞ。婿殿が弱すぎるだけだ。いちいちくよくよ悩んでいるようでは、リオの旦那で居続けられんぞ」

レイラの言葉はすべてアレスの胸に容赦なく突き刺さった。自分でも、己の情けなさはよく分かっている。昨夜もリオノーラの優しさに甘え、ひどいことをしてしまった。せっかく食事を用意してくれていたのにひと口も口にせず、ベッドに引きずり込んだ上にやることだけやって二階へ上がってしまった。リオノーラに実家へ帰られても文句は言えない。

ベッドの上でも、卑怯な方法で何度も好きだと言わせてしまった。最低なことをした自覚はある。

「……リオノーラと会ったのですか？」

「ああ、今日の昼に会った。めちゃくちゃ婿殿のことを怒っていたぞ」

むちゃくちゃ怒っていたとのレイラの言葉に、アレスはびくりと肩を震わせる。

「な、なんて言ってました？」

「婿殿はクズだと」

「クズ……」

リオノーラを怒らせてしまっただろうなと思っていたアレスだったが、それでもクズという衝撃的な言葉に目の前が真っ暗になった。

◆◇◆

一方その頃リオノーラは、王立騎士団の寮の部屋にやってきた客人に茶を出していた。

「ありがとう、リオノーラ」

「……いえ、お義父様《とうさま》」

アレスとよく似た、深緑を携えた目が細められる。アーガス・デリング、アレスの父親である。夫不在の家に男を上げるのが不用心だとは分かっていたが、リオノーラから見ればアーガスは義理の父親に当たる。追い返すわけにもいかず、部屋に入れたのだ。

昔からリオノーラはこの義父が苦手だった。彼がレイラの実家である南方地域で行っていた事柄を知っていたのもあるが、いつも朗らかに笑っているように見えて、目の奥が笑っていないことに気がついていたからかもしれない。油断ならない人物だと、リオノーラは警戒していた。

警戒心をアーガスに悟られないように、リオノーラは微笑む。

「急にどうされたのですか？」

「上の息子二人が今、軍病院に入院していてね。見舞いの帰りにアレスの顔でも見ようかと思って」

「……まあ、そうだったのですか」

そんな話は初耳だった。軍病院はこの寮のすぐ近くにある。アレスの異母兄二人が入院しているのなら、自分にも何かできることがあるかもしれない。アレスが帰ってきたら聞いてみようとリオノーラは思った。

アーガスの言葉は、事情を何も知らない人間には良い父親のように聞こえるかもしれない。ある程度の事情を知る、リオノーラは騙されないが。

「私に何かできることがあれば、なんでも仰ってくださいね」

「相変わらず、リオノーラは頼もしいなぁ」

アーガスは困ったように笑う。アーガスはパッと見は優男だ。リオノーラの父親と同じ年齢のはずなのだが、ずっと若く見える。細身ですらりと背が高く、フロックコートがよく似合う紳士である。焦茶の髪は後ろに流しているが、白髪は一本も見られない。とても五十近いようには見えない。

アーガスは優雅な所作で紅茶のカップを傾けながら言う。

「うちの末っ子は少々頼りないが、君がいてくれれば安心だな」

「そんなことありませんわ。アレス様は私を守ってくださっています」

「そうか。……ここで仲良くやっているのか？」

「ええ」

「君のような深窓のお嬢様が、市井《しせい》の暮らしをするのは大変だろう？　どうだ。アレスと一緒に王都の我が家へ来ないか？」

アーガスの突然の提案に、リオノーラはそう来たかと思った。

（……もしかしたら、ラインハルト様の背後にいる黒幕はお義父《とう》様かもしれないわね）

アレスの兄二人が軍病院に入院しているという話が本当で、彼らの容体が良くないのならば、アーガスが末子のアレスに家督を継がせようと考えていてもおかしくはない。侯爵家の出である妻のリオノーラもろとも、自分の傍に置きたいと考えるのも自然な話だ。貴族であれば、王立騎士団に接触もしやすい。

ラインハルトに金を積んで、自分の王都移住を画策したのではないかとリオノーラは考えた。もちろん、ラインハルトがマルク王子のお願いを断り切れなかった線もあるとは思うが。

(デリング家は一番上のお兄様が継ぐ予定だと、アレス様は言っていたわよね……)

この宗国の家制度では、正妻の長子が嫡子として優先される。庶子の継承順位は低い。もっとも、アレスは末っ子なので、継承順位は元々一番下だっただろうが。

「主人の仕事のこともありますし、返答は主人に相談してからでもよろしいですか?」

リオノーラはアーガスににっこり微笑む。彼女の答えに、アーガスはまた困ったように眉尻を下げた。

「……主人か。君はアレスを夫と敬い、立てているのだな」

「当たり前ですわ。私の主人はアレス様以外におりません。主人の意見を聞かずに、私が何か勝手に決めることなどあり得ません」

「そうか……」

アーガスが椅子から立ち上がる。

「私が思っていたより、君達は夫婦だったようだ」

そのどこか棘《とげ》のある口調に、リオノーラは内心ムッとするが顔には出さない。今はとにかくこの場を穏便に収め、アーガスに帰ってもらうのが一番だろう。

「また来るよ」

「……ええ。ぜひ、いつでもいらしてくださいませ。お義父様《とう》」

もう二度と来るなと思いながら、寮の扉の前でアーガスを見送ろうとした――が。

（……あら？）

寮の前、豪奢《ごうしゃ》な四頭馬車の隣で控えている女性を見て、「あっ」と思う。王立騎士団の詰所の前で何度か見かけた黒髪の女性騎士だ。目を見張るほどの美人で背が高く、スタイルも良い。アレスの職場にはあんなにも美しい人がいるのかと、リオノーラは見るたびに嫉妬していた。

女性騎士はアーガスの姿に気がつくと、パッと顔を輝かせた。アーガスの腕に自分の腕を絡ませる様子は、まるで恋人のようだ。その光景を見てリオノーラは嫌な気分になる。アーガスには歴とした妻がいるのに。

（……アレス様にはああなってほしくないわ）

頬をぷくっと膨らませ、唇を尖らせながら馬車を見送り、リオノーラは部屋へ戻った。

◆◇◆

「ふっ……」

（……さすがはルシウスの娘、一筋縄ではいかんか）

馬車に揺られながら、アーガスは不服と言わんばかりに短く息を吐く。そこにはリオノーラに向けていた柔和《にゅうわ》な笑顔は一切みられない。

（ダライアスもイーモンも、もう長くはないだろう。アレスに家督を継がせたいが、あいつの母親は南方人……。庶子はどうしても貴族社会で不利になる。ティンエルジュ家の後ろ盾は必要不可欠だ）

アーガスは上の息子二人が軍病院に入院した段階で、アレスを次期デリング家当主に据える準備をはじめていた。

まずは昔から付き合いのあるラインハルトに声にかけた。アーガスは王家お抱えの薬師《くすし》で、ラインハルトは後宮への出入りが許された騎士。二人は表では言えない縁で出会った。

アーガスの筋書きはこうだ。

アレスとリオノーラはすでに結婚から一年九ヶ月もの間別居しており、ルシウスが二人を離縁させようとしているのは明白だった。そこでラインハルトにリオノーラを王都まで連れてこさせ、アレスと同居させることで離縁を回避する。

（二人の間に子でもできれば、夫婦関係の継続は間違いないものになると思うが、あのアレスがリオノーラに手を出すだろうか……）

人形のように表情がない末の息子の顔を思い浮かべる。

（あいつは誰にも何も相談せず、いきなり宗王にリオノーラとの結婚を願い出るような奴だからな……）

おそらくは、リオノーラに断られるのが怖くて、先に外堀から埋めにいったのだろう。自分に結婚の相談をしなかったのも、反対されるのを恐れたのかもしれない。アレスは戦で凄まじい結果を残しているが、根はおとなしく臆病なのだ。

（……アレスは奥手だ。自分から女を誘うようなことはできんだろうな）

そこでアーガスは考えた。デリング家の屋敷に二人を住まわせ、アレスにリオノーラへ手出しするよう仕向けようと。

アーガスは薬師《くすし》である。戦神の薬をはじめとした体力増強剤から媚薬まで、ありとあらゆる薬を生み出してきた。

（二人の食事に、アーガット家で作った媚薬でも盛れば……）

いくら堅物のアレスでも、リオノーラに手出ししないではいられないだろう。リオノーラだってアレスに縋《すが》るはずだ。

身籠もったリオノーラは実家には帰りづらくなるだろう。身重の身体に馬車移動は辛い。

（……妊娠したリオノーラに、デリング家へ入るよう迫る）

ルシウスにとってリオノーラはたった一人の娘だ。結婚相手の家に取られてしまったとしても、援助はするだろう。悔しがるルシウスの顔を想像したアーガスは「はっ」と笑い声を漏らす。

（士官学校時代から、長年友人の顔をしてきた甲斐があったな。リオノーラが手に入れば、我が家はさらに繁栄するだろう）

今回、リオノーラには同居の返事はもらえなかったが、次はアレスに声をかけようと算段する。

（アレスは私の提案を断らないだろう）

アレスがデリング家で暮らしたいと言えば、リオノーラも断らないのではないか。リオノーラはアレスのことを、主人として敬っている素振りを見せた。あれやこれや考えを巡らせていると、馬車の隣の席にいた護衛の女がいきなりしなだれかかってきた。

「アーガス様、どうされたのです？　考え事ですか？」

「ロラ」

猫なで声を出し、身体をくねらせるこの女はアーガスの護衛兼愛人だった。

(今回の計画が頓挫したら、この女に私の子を産ませようと考えていたが……)

リオノーラの王都移住が失敗し、アレスと離縁が成立した場合のこともアーガスは考えていた。

戦神の薬を使い宗西戦争を戦ったアレスは、精神的にぼろぼろの状態になっている。さらにリオノーラと別れることになれば、どうなるか火を見るよりも明らかだ。

そこでアーガスはロラに、アレスの後釜を産んでもらおうと画策していた。

だが、リオノーラは思惑どおり王都へ来た上に、アレスと上手くやっている。

(もうロラは必要ない)

「なんでもないよ、ロラ」

アーガスはロラに柔らかく微笑みかける。だが、その深緑色の瞳の奥は笑っていなかった。

◆◇◆

「は……？　父が来た？」

夕暮れ時に帰ってきたアレスの着替えを手伝いながら、リオノーラは義父アーガスが訪ねてきたことを報告した。

「王都の屋敷で一緒に暮らしましょう、ですって」

「騎士の俺が、この寮を出るのは難しいですね……。一応将校なので申請すれば可能でしょうが、父の屋敷は王都でも外れのほうにありますから、父の屋敷から詰所や王城へ出向くのは厳しいです。リオノーラはお屋敷暮らしがしたいですか？　ここの生活は不便ですよね……」

しょんぼりしたアレスの声に、リオノーラは首を横に振る。

「そんなことありませんわ。私はアレス様さえいてくだされば満たされます。それにここは暮らしやすいですすよ、商店街も近いですし」

「リオノーラ……すみません」

話の途中でいきなり謝ったアレスに、リオノーラは首を傾《かし》げる。

「なんで謝るのですか？」

「昨夜はあなたにひどいことをした」

「あ、ああ〜〜……」

リオノーラとて、昨夜アレスにされた所業を忘れたわけではない。レイラに「アレスはクズだ」と愚痴る程度には腹が立っていた。

しかし惚れた弱みか、いざ本人を目の前にすると怒りの気持ちがしぼむ。喧嘩したくない、極力仲良くやっていきたいという気持ちが上回ってしまうのだ。

自分でも都合の良い女になってやしないかと思うが、なかなか自分の感情はままならない。アレスと仲良くすることが、今のリオノーラにとって一番大切なことになりつつあった。

「今夜はちゃんとお夕食を食べて、朝まで一緒のベッドにいてくださったら……許します」

えへへと笑うと、アレスが抱きしめようとしてきたが、リオノーラは慌ててその手を止めた。

「ちゃんと食べてからにしましょう！　ねっ？」

「そ、そうですね。すみません、つい……」

（アレス様は何よりも性欲が上回ってしまうのかしら？）

リオノーラとアレスは十五年の付き合いだ。それももうすぐ十六年になる。ここで同居を始めるまではろくに手も握り合ったことのない清い仲だったのに、今では性的なことも普通にしている。ついひと月前にはまったく考えられなかったことだ。

「今夜は芋のポタージュと鶏ステーキですよ〜」

顔を赤くしながらリオノーラはアレスから離れた。長年変わらなかったことでも、ちょっとしたきっかけで変わることもある。リオノーラはこのまま、アレスと少しずつ良い関係を築けたらいいなと思った。

◆◇◆

今晩も乱れた息遣いが一階の寝室から漏れている。ぎしりとベッドが軋《きし》む音がするたびに、女の嬌声が響く。

「い、いやっ……そんなとこ……っ！」

秘部の奥深いところまで攻め立てられ、リオノーラは耐えがたかったのだろう。アレスの背に回した手指をぐっと突き立てた。

「……いや？　やめますか？」

軽く息を弾ませながら、アレスは自分の下にいるリオノーラへ問うが、もちろんここで止めるつもりは微塵《みじん》もない。膣壁はじっとりと濡れていて、ひと突きするたびに一物に絡みつこうとする。リオノーラがこの行為で快楽を得ているのは明らかだ。分かっていても、つい聞いてしまう。愛しく思っているものほど、意地悪をしたくなるのはなぜだろうか。

「や、やめては駄目ですっ……！」

アレスが自身を引き抜こうとすると、リオノーラは栗色の巻き毛を振り乱し、イヤイヤと首を振った。腰を上げ、むっちりとした脚をアレスの腰に懸命に絡ませようとする。彼女がこの行為に溺れているのは明白だった。

「大丈夫、もっと好くしてあげますから」

「あぁっ……！　はあぁぁっ！」

膝裏を掴み、ぐっと秘部を上向けた状態で上から剛直で貫く。リオノーラが全身を震わせながら叫んだ。アレスも波のように押し寄せてくる射精感をなんとかやり過ごしていたが、何度も何度も呑み込むような動きを繰り返す肉の隘路《あいろ》にとうとう屈してしまった。

「うっ……」

断続的に吐き出される精液を漏らさないように、リオノーラの背に腕を回し、抱きつく。彼女の胎に精液が満たされると同時に、アレスの胸にも多幸感が広がった。

「はぁっ、はっ、もう駄目です……！」

息も絶え絶えになっていて「もう駄目だ」と訴えているリオノーラの身体をひっくり返し、アレスは彼女の背面に乗りかかる。リオノーラが上体をあげる前に、尻側から肉のあわいへと剛直を埋め込んだ。肌に当たる柔らかな尻の感触が心地よく、それだけで自身が硬くなる。

「あっ、あ、そんな、後ろから……！」

「後ろからするの好きですよね？」

「す、好きですっ。あっ、あぁぁっ！」

言葉通り、リオノーラは背面から攻められるのを好むのだろう。より一層下腹のうねりが強くなる。アレスは膣肉の圧で押し出されないように股間をしっかり押し当てた。最初の頃は何度か抜け落ちてしまい上手く抽送できないこともあったが、今ではすっかりコツを掴んでいる。肌と肌とが打ちつけ合う乾いた音を立てながら、下にいるリオノーラを攻め立てた。

「あっ、あああぁぁ――」

リオノーラは背を反らせて果てた。びくびくと全身を震わせ、震える指で枕を掴む。肩に波打つ栗色の髪が広がる。

アレスは身体を弛緩させるリオノーラの秘部から自身を引き抜くと、彼女の隣に寝そべり、汗で濡れた白い身体を抱き寄せた。

「んうぅっ」

半開きになったリオノーラの唇に自分の唇を軽く当てたのち、少しずつ口づけを深めていく。

アレスは戦時中に戦神の薬を使った影響で、味覚障害を患っていた。甘味は感じにくくなっていたが、リオノーラの唾液は甘く、美味しく感じる。あまり口づけばかりすると唇が腫れてしまうので、控えめにしかできないのがもどかしい。それでも、ちろちろと舌先を絡ませ合うだけでも心地よく感じた。

アレスが唇を離すと、リオノーラは眉尻を下げながら微笑んで、首に縋《すが》りついてきた。あまりの愛しさに、アレスの胸がどうしようもなく締め付けられる。

アレスはリオノーラを手に入れるために、多大な犠牲を払ってきた。宗西戦争で結果を残すために命を削るような薬を使い、王立騎士団での地位を得るために汚いことも進んでやった。彼の人生は心身を削《そ》ぐようなものだった。

今、どれだけの犠牲を払ってでも叶えたかった、積年の夢が叶っている。幸せなはずなのに、この柔らかくも温かな夢が覚めてしまうことが恐ろしくて堪らない。

ブラッドのことを思い浮かべる。リオノーラが別の男に奪われる想像をしただけで、頭がどうにかなりそうだった。

アレスはほぼ無意識に、寝そべるリオノーラの耳の下に手を差し入れていた。肌の薄いそこにそろりと無骨な指をなぞらせても、彼女がその手を恐れる様子はない。愛撫のようなものだと思っているのかもしれない。くすぐったそうにころころと笑っている。

アレスは今、色々な意味で追い詰められていた。自分を可愛がってくれていた兄達がもう長くないと医者から聞かされたこともそうだが、今日、父がリオノーラに接触したこともショックだった。父はラインハルトに命令し、リオノーラを王都まで連れてきた。ティンエルジュ侯の一人娘である彼女を利用しようとしているのだろう。自分が忙しくしている間にリオノーラに何かあったらと思うと気が気ではない。

ただでさえアレスはずっと情緒不安定で精神安定剤が手放せない状況にいたのに、この半月間、目まぐるしいほどに色々なことがあった。

人間は不幸だけでなく、幸せな出来事もストレスになる。結婚してから一年と九ヶ月間、鉄格子越しにしか会えなかった愛しい妻と、今では肌を重ねることができる。この大きな変化は確実にアレスの情緒を引っかき回していた。

アレスはむくりと起き上がると、リオノーラに手を差し出した。その手を取り、彼女も身体を起こす。彼はシーツの上で正座すると、彼女の名を呼んだ。

「リオノーラ」

「はい、なんでしょうか？」

「俺と死んでくれませんか」

「えっ」

なんの脈絡もなく、アレスは突然無理心中を提案した。

未来永劫、リオノーラが自分のものにならないのならば、いっそこの手で殺してしまいたい。彼は衝動的にそう思ったのだ。

この幸せはきっと長くは続かない。リオノーラの父親か自分の父親か、それか別の誰かの手によって壊されて、二度と手にすることはできなくなる。

アレスはやっと手に入れた幸せを失うのが怖かった。

今までは欲しい欲しいと願うばかりで、手に入れた後のことを考える余裕はなかった。手に入れた途端、この温もりがなくなることが心底恐ろしい。

いずれ壊れてしまうのならば、いっそ自分の手で、と思った。

しかし、リオノーラに死んでほしいと言って、その了承が得られるとは思っていない。きっと自分を恐れて、彼女は実家へ帰ってしまう。絶望に満ちた彼の視線がシーツの上へと落ちる。

「いいですよ！　死にましょう！」

だがアレスの考えとは裏腹に、向かい合うリオノーラは、極めてからっと明るく彼の提案を受け入れたのだった。

「い、いいのですか……？」

「はい！」

無理心中を提案されたというのに、リオノーラは明るい。

「本当に、俺と死んでくれるんですか？」

「ええ！　……でも、今ではないです」

「……今じゃない？」

「今、私達が死んだところで、たぶん、別々に埋葬されてしまいます。アレス様は……私とずっと一緒にいたくて死にたいのでしょう？」

「そう、ですね……」

正直、そこまで考えていなかった。彼はあくまで衝動的に無理心中を思いついたのだ。リオノーラを他の誰かに取られたくない。そんな身勝手な理由で死ぬことを提案した。実に青臭い理由だった。

しかし、リオノーラに明るく受け止められたことで、急にアレスの頭は冷静になった。

「確実に私達二人が同じところに埋葬される状況になるまでは待ちましょう？　子どもが生まれてその子が成人すれば、きっと私達を同じところに葬ってくれますよ。遺言を書いておくのもいいかもしれませんね」

「子どもが生まれたら身勝手に死ねませんよ」

「そうですねえ、今も私のお腹に子どもが宿っているかもしれませんしね」

「………」

「死ぬのはもっと後にしましょう？　今死んだら、私達のもとに生まれてくる予定の子が可哀想ですよ」

リオノーラから先の先の未来を期待するようなことを言われ、目の奥に熱いものが広がるのを感じた。アレスが俯《うつむ》くと、さらりと癖のない黒髪が額に落ちる。滑らかな頬に液体がぽろぽろと零れた。

アレスは手で顔を覆うと、声を震わせた。

「申し訳ありません……」

「いいんですよ。たまには甘えて泣き言を言ってくださっても。私達は夫婦なのですから」

「……っ」

アレスは言葉を詰まらせる。

「今の状況が幸せすぎて……失いたくないんです」

「私もですよ!!」

「それなのに邪魔ばかりされて」

リオノーラの小さな手が伸びて、アレスの頭に触れる。その手の柔らかな感触に安心感を覚え、ぽろぽろと本音が零れてしまう。

「イライラしますよねぇ、よしよし」

「……自分なりに頑張ってるのに、レイラさんに怒られましたし」

騎士なのに男なのに、こんな情けないことを言ってしまうなんてという気持ちは当然あった。

だが、弱音を吐くのを止められない。

「アレス様、辛かったですね……」

(……思えば、こんな風に誰かに甘やかされたことなどなかったな)

微《かす》かに覚えている実母は厳しい人で、記憶にある限りだが、頭を撫でられたことはなかったような気がする。

　アレスは瞼《まぶた》を閉じると、自分の頭を撫で、よしよしと言い続けているリオノーラの声に黙って聞き入っていた。

第四章　先の未来

同居生活十六日目の昼。リオノーラとレイラはこの日も、王立騎士団の寮の部屋で二人で昼食を食べていた。アレスはいない。

「……婿殿に心中を提案されただと？」

リオノーラの報告に、滅多に表情を崩さないレイラが顔をしかめる。

レイラの表情に、リオノーラはぷくっと頬を膨らませた。

「そうよ。もう！　どうせレイラがアレス様にまたキツいことを言ったのでしょう？　アレス様は今、色々大変なの。優しくしてあげて」

昨夜、アレスの本音を聞くことができたリオノーラはすっかり機嫌を取り戻していた。涙を零すアレスの姿にすっかり母性本能を刺激され、彼を庇《かば》うような発言をする。

するとレイラは眉を吊り上げた。

「……リオが昨日の昼に、婿殿のことをクズだと愚痴ったんじゃないか。もう忘れたのか⁉」

レイラの正論に、リオノーラは「うっ」と言葉を詰まらせる。

確かに、せっかく作った夕食を食べてもらえず、ベッドへ引き込んだアレスのことを批判し、「クズ」とまで言ったのは自分だ。

「そっ、それは……そうだけど……」

「……しかし婿殿の繊細さは厄介だな。婿殿の生まれは確かに複雑かもしれないが、能力的に持っているものは悪くない。もっと堂々と強《したた》かに生きていけないものか。あんな性質の持ち主でよくリオの旦那になろうと考えたものだ。あんなんじゃ辺境地を治める領主は務まらんぞ。ティンエルジュ領は南方地域に接している。村の長とも上手くやらねばならないのに」

と、レイラは眉間に皺《しわ》を寄せる。

「そ、そこまで言わなくても……。私はアレス様の殊勝なところが好きよ」

レイラのあまりの言いように、リオノーラは額に汗を浮かべながらアレスを庇《かば》う。

「殊勝？　うじうじしているだけだろ。私もお前達と一緒に住んでやりたいが、お館様も人使いが荒いからな……」

「レイラが傍にいたらアレス様が休めないいじゃない。……ねぇ！　それより聞いて！　アレス様に『今の状況が幸せすぎて失いたくない』って言われたのよ！　もう、私、嬉しくて嬉しくて」

リオノーラは両頰に手を当てると、興奮した様子でそう報告する。キャッキャと騒ぐリオノーラに、レイラはそれまで吊り上げていた眉を下げた。

「……怒ったり戸惑ったり喜んだり、大変だな、リオ」

呆れた様子のレイラに、ハッとしたリオノーラは頰を赤く染めて俯《うつむ》く。

「自分でもバカになったなあって思うわよ……。普通は、もっと早いうちにこういうことは卒業するんでしょ？　商店街の女の人達が言っていたわ」

商店街へよく買い物に行くリオノーラは、そこで働く女性達とも仲良くしている。若い女が集まれば、必然と話題は恋愛話に転ぶ。

（普通の女の子が十代で卒業するようなことを、私は今経験しているのよね……）

リオノーラは田舎の屋敷でずっと父親の手伝いをしていた。色恋のいの字もない、乾いた生活だった。自領のために毎日毎日身を粉《こ》にして働いていたのだ。ティンエルジュにいた頃はその生活になんの疑問も抱いていなかった。

それが今、アレスと二人きりで生活するようになり、今までにないほど感情的に振り回されている。

この半月間で、リオノーラの頭はアレスのことでいっぱいになりつつあった。

「……まぁ、なんでもいいが、書類の決裁だけはちゃんとしておけよ」

「分かってるわよ。昨日はレイラが帰った後、アレス様のお父様が来て大変だったのよ。いきなりデリング家のお屋敷で同居しようなんて言われて驚いたわ。今日はちゃんとサインするわね」

「……ああ、よろしく頼む。しかし、心中か。リオは怖くなかったのか？」

「大丈夫よ」

「何が大丈夫なんだ？」

アレスはたしかに、レイラが言う通り繊細なところがある。だが、宗西戦争の褒賞に、宗王に自分との結婚を勝手に願い出るような人だ。

「アレス様はこうと決めたら、私の了解もなく勝手にやる人よ。わざわざお伺いを立てたということは、迷ってるってことよ。ちゃんと説得すれば聞いてくれそうだったし、怖くなかったわ。それに……」

「それに？」

「アレス様は私に自分が死んだことが分からないぐらい、上手く殺してくださるわ。だって、暗殺の達人なのでしょう？　きっと良い今際《いまわ》になるわ」

◆◇◆

王立騎士団の寮を後にしたレイラは、なんとも言えない表情を浮かべながら、一人で通りを歩いていた。

（……リオが婿殿への愛に目覚めたのは良いが、少々浮かれすぎているな。まあ……今までの生活を考えれば無理もない……無理もない……か？）

レイラは、ずっと仕事一筋で生きてきた女主人のことを思う。はじめて覚えた恋に溺れるのも無理はないが、心中を提案されたのにはしゃいでいるのはいかがなものかと頭を抱える。

（まあ、ある意味、婿殿とお似合いなのかもしれないな……）

心中を提案されてアレスを恐れてしまうような人間では、彼の伴侶は務まらないだろう。

（なにせ婿殿は、羊が狼の牙を持っているようなものだからな……）

この日、レイラはリオノーラと会う以外にも別の用事があった。ティンエルジュ領と王都を行き来する彼女は多忙だ。それでも、わずかな時間を縫ってでも定期的に会いに行っている人物がいた。

「ロラ……」

王都の宿屋街でも特に格式高い宿が立ち並ぶ一角。その裏通りで、レイラは目的の人物を見つけた。カラスの濡れ羽色をした黒髪を腰まで伸ばした若い女で、王立騎士団の制服である灰色の詰襟服を着ている。女はレイラの姿を視界に入れると目を見開き、びくりと肩を震わせた。

「姉さん……なんでここに？」

女の顔色は悪い。美しい顔に、焦りの色が出ている。それもそのはず、この裏通りは要人御用達の宿専用の通用路だからだ。正面から出入りできない人間のみが、ここを使う。

レイラの眉間に深い皺《しわ》が刻まれた。

「まだあの男と別れていないのか。……仕方のないヤツだ」

「何よ……！　姉さんには関係ないでしょ！」

ロラ・アーガット。レイラの母親違いの妹である。そして従妹《いとこ》でもある。

レイラの母親が宗国へ行った後、彼女の父親は部族の慣習通りレイラの母親の妹を娶《めと》り、そしてロラが生まれた。元はレイラの母親が務めていた族長の役目は、レイラの父親に引き継がれた。南方地域の部族は、族長のみ重婚が許されている。

なお、南方地域は女性の立場が強く、基本的に族長に選ばれるのは女性だ。集落で一番強い女性が長に就く。それなのにレイラの父親が族長の座を継いだのは、彼がレイラの母親と同じくらい人望があり、優れた剣士だったからだ。

レイラの母親はその後デリング子爵のために男児を産み、部族には多額の謝礼金が支払われたが、それでも村は貧しかった。デリング子爵はレイラの一族が護ってきた土地に薬畑を作ったが、それでも食べていくのがやっと。

レイラは妹のロラに食うに困るような生活をしてほしくないと思い、宗国の兵学校とその上の士官学校へ入れるため、十五歳の時、国境沿いの領を治めるティンエルジュ家で住み込みの仕事を始めたのだ。妹のために集落を出て異国で働くぐらい彼女はロラを想っていたが、ロラは姉のレイラに反発ばかりしていた。

ロラは優秀な成績で兵学校を出て、その後進学した士官学校でもトップクラスの成績を収めて無事騎士になったが、騎士になって以降、彼女の男癖は年々ひどくなっていた。

王都は誘惑が多い。特にロラは特務師団という脛《すね》に疵《きず》のある人間しかいないような部隊にいる。若い彼女が悪い影響を受け、道を踏み外してしまうのも無理はないのかもしれない。

「デリング子爵は婿……アレス殿をデリング家の次期当主にしようとしている。お前が後妻になる道はないぞ」

（婿殿の兄二人はもう家を継げる状態ではない。――デリング子爵がリオに同居を持ちかけたということは、そういうことだろう）

レイラの言葉に、ロラは筋の通った鼻に皺《しわ》を寄せた。

「あの人は私が産む子にデリング家を継がせると言ったわ……！」

「……近々別れ話が出るだろうな。ロラ、目を覚ませ。我が母はアレス殿を産み、アレス殿が兵学校に入ったその年に毒殺された。お前もあの男の子を産んだところで殺されるだけだ。さっさと別れろ」

「私は歴とした騎士よ？　殺されるわけないわ！」

ロラは勲章がぶら下がった詰襟服の胸を叩く。

「母は部族一の勇敢な剣士だった。それでも毒に倒れたんだ。どれだけ上手く剣を振るえたところで、殺される時は殺される」

「……じゃあ、ターゲットをアーガス様から息子のアレス補佐官に変えるわ。それで文句ないでしょう？　私はデリング家の財産が欲しいの。男は誰だっていいわ。やることは一緒だもの」

ロラの吐き捨てるような言葉に、レイラは眉間の皺《しわ》を深めた。そして語気を強めて言い返す。

「アレス殿は私の主人と別れない」

「リオノーラ様？　今、王都に来てるんですってね。軽く見かけただけだけど、全然大したことない女だったわ」

「リオは確かに容姿は平凡かもしれない。だが、アレス殿はずっとリオだけを愛し続けている。お前だって、アレス殿がリオのために宗西戦争を闘い抜いたことを知っているだろう」

「はあ？　アレス補佐官は大貴族家の婿の座狙いでしょう？　あんな女、本気で好きになるわけないわ。顔はちょっと可愛いかもしれないけど、ちんちくりんだし、好きになる要素なんかない！」

「ロラ！」

「あー、うるさいうるさい。姉さんはあれは駄目、これは駄目ってうるさいのよ！　いちいち！」

ロラは頭をがしがしとかくと、美しい髪を振り乱した。

「お前が人の道に外れた選択ばかりするからだろうが！　人の物は盗んではいけないと何度も教えただろう？」

「盗んじゃいけない？　じゃあ最初から何も持ってない私はどうやって幸せを掴めばいいのよ！」

ロラの怒鳴り声が狭い通用路に響き渡る。

「私、死にもの狂いで騎士になったわ。姉さんが騎士になれって言うから。でも、騎士になっただけじゃ、何も手に入らなかった！　地位も名誉も！　お金だって、騎士は出費が多くて全然手元に残らない。所詮この国は貴族にならなきゃ何も手に入らないのよ！」

「身の丈にあった貴族の男を狙えばいいじゃないか。金が欲しいのなら商家の嫁でもいいだろう？」

「嫌よ！　こんなに苦労したのに！　人が羨むような暮らしができなきゃ意味ないのよ！」

「待て、ロラ！」

ロラは、反対側の道へ向かって駆け出す。レイラは走り去っていく妹の背に、深いため息をついた。

彼女達はいつもこうだった。レイラが何を言ってもロラは反発し、最後には言い合いになって喧嘩別れする。

レイラにはレイラの、ロラにはロラの、彼女達なりの譲れないものがあった。ロラなりに譲れないものがあることはレイラだって察していたが、妹が間違ったことをしていれば姉として忠告しなくてはいけない。

レイラはロラに、宗国で何不自由なく生きていけるよう、騎士の道を勧めた。彼女達の故郷である南方地域は宗国に比べればずっと貧しく、安定した生活を送るには宗国へ行くしかなかった。

しかし、手に職のない南方移民が宗国でできる仕事は限られている。だからレイラはロラを兵学校やその上の士官学校へ行かせたのだ。

◆◇◆

「……っ！　なによ……！」

ロラは自身が走ってきた道を振り返る。姉が追ってこないことを確認し、はぁっと肺から息を吐き出した。

「むかつく……っ！」

拳をぎりぎりと握りしめ、ロラが思い浮かべるのは、姉の顔でも不倫している男の顔でもない。

詰所の前や寮の部屋の前で何回か見かけた、栗色の巻き髪をした小さな女。肌は抜けるように白く、青空のような瞳を携えた目は零れ落ちそうなほど大きい。全体的にふわふわしていて、男に庇護欲を抱かせそうな容姿にロラは嫉妬した。

端的に言えば、その女――リオノーラに八つ当たりしたいと思った。生まれが良いだけで自分にはないものすべてを持っている忌々《いまいま》しい女。

ロラには母親がいない。ロラの母親は身体が弱く、自分を産んで亡くなった。彼女にとって姉のレイラが母親のようなものだった。子どもの頃はレイラになかなか会えず、寂しい思いをした。

レイラに当然のように世話されているであろうティンエルジュ家の令嬢リオノーラのことを、ロラは昔から恨んでいた。たまに姉から送られてくる手紙には、リオノーラとのやりとりばかりが書かれていた。やれ、近くの森まで一緒に猟に出かけただの、剣の稽古をしただの、リオノーラは弓が上手いだの……。本当は自分だって姉と色々な経験をしたかったのに。

しかし、いくら恨んでいるからと言って、表立って嫌がらせはできない。ロラは騎士で、リオノーラは貴族だ。だから、法で裁けないぎりぎりの線で、ロラはリオノーラに嫌がらせをすることにした。

姉のレイラと会った翌日。早速ロラは動き出した。

（……いたわ）

黒豹のごとく鋭いロラの視線の先には、あの女がいた。

ロラのターゲットである彼女は、もうもうと湯気が立つ露店の前で何かを選んでいるようだ。頭に三角巾を巻き、丸首のシャツにごわついたスカート、それにエプロンドレスを合わせたその女はどう控えめに見ても市井《しせい》の人間にしか見えないが、歴とした侯爵家の一人娘だ。

庶民ぶっている女の様子に、ロラは余計に苛立ちを覚える。貴族のごっこ遊びにしか思えないからだ。

女は前屈みになると、露店の店主から満面の笑みで茶色の紙袋を受け取った。彼女はすぐに紙袋の中に手を突っ込み、白くてふかふかした丸いものを取り出す。南方地域の西側の名物、マントウだ。彼女はその場で、湯気の立つマントウにぱくりとかぶりつき、はふはふと口を動かした。

侯爵家のお嬢様が買い食いをしている――ロラは自分の目を疑った。騎士として貴族や王族の護衛をすることもあるが、歩き食いをする令嬢は初めて見た。

アレスは妻が歩き食いをすることを知っているのだろうか。ロラから見たアレスは神経質の塊のような男だ。繊細な彼からすると、平然と歩き食いをするあの女は論外な存在ではないのか。

ロラはターゲットの観察をやめ、直接声をかけることにした。

「侯爵家のお嬢様が買い食いだなんて、良いご身分ですね？」

紅で真っ赤に塗りたくった口の端を意地悪く上げ、ロラはターゲット――リオノーラへ言った。

突然声をかけられたリオノーラは、長い睫毛《まつげ》をぱたぱたと瞬《しばた》かせると、口にマントウを咥《くわ》えたまま、紙袋の中へ手を突っ込む。そして、まだ温かいマントウをひとつ取り出すと、ロラの前にスッと差し出した。

一瞬、二人の間に沈黙が流れる。

「い、いらないわよ！　マントウなんて！」

「ふごっ⁉」

「ふごっ、じゃないわよ！」

緊張感のまったくないリオノーラに、ロラはますます苛立った。怒りで一気に口調がぞんざいなものになる。

色々なことが上手くいかず、頭が沸騰しているロラは顎をしゃくった。

「ちょっと顔貸しなさいよ」


「ロラさんはレイラの妹さんなのですね！　お話はレイラから聞いていましたが、こんなに美人さんだったなんて。王立騎士団の詰所の前で何回かお見かけして、いつも綺麗だなぁ〜って思っていました！」

彼女達はアレスとリオノーラが暮らす寮の部屋にいた。リオノーラは声を弾ませて、にこにこしながら茶を出している。アレスが不在だということはロラも把握していた。彼が厩舎で馬を借りているところを目にしていたからだ。

綺麗と言われ、少しだけだがロラの頬が緩みそうになった。が、ハッとして、首をぶんと横に振ると、リオノーラをキッと睨《にら》みつける。調子が狂う、とロラは紅い下唇を噛んだ。彼女はリオノーラのような、世間を知らない鈍いお嬢様が大の苦手だった。

「ロラさん、お昼はまだですか？　良かったら一緒に召し上がりませんか？　朝の残りもので申し訳ないですけど、スープが余っていて……」

そう言う間にも、リオノーラはすでに鍋を火にかけている。玉ねぎがコトコト煮える美味しそうな匂いに、昼前からずっとリオノーラを付け回していたロラの腹がくぅと鳴った。

「……食べてあげてもいいわ」

「あら嬉しい！　主人はあまり食べてくれないんです。たくさん召し上がってくださいね」

アレスがあまり食べないとの言葉に、リオノーラはメシマズ女なのかと身構えたが、出された玉ねぎベースの具沢山スープは根菜にしっかり味が染み込んでいて美味しかった。

あっという間に皿を空にし、気がついたら二杯もおかわりしていた。その後もリオノーラに勧められるがまま、ロラはマントウやベリーがふんだんに入ったクラフティを食べ、小一時間経つ頃には腹はぱんぱんになっていた。

「……美味しかったわ」

「嬉しいです！　またいつでも食べにいらしてくださいね。レイラの妹さんなら大歓迎です。いつもレイラにはお世話になっていますから」

また姉の名が出て、ロラのこめかみがぴくりと動く。この女の無邪気な笑顔が妙に癪《しゃく》にさわる。

生まれながらに恵まれた人間特有の余裕というやつだろうか。

この朗らかな笑顔をなんとか凍りつかせたいと思う。しかしロラは直情的な上、地頭はそんなに良くない。学業成績は良かったが、典型的な努力型で、頭が回るタイプではないのだ。

だから、ロラは浅はかな嫌がらせの言葉を吐いてしまった。

「私がここに来たら、アレス補佐官は嫌がるでしょうね」

「あら、どうしてですか？」

「……私はね。アレス補佐官と士官学校時代から付き合いがあるの。お互い騎士になって特務師団に配属になってからも、ずっと男女の仲よ」

ロラは露骨にアレスとの仲を仄《ほの》めかす。もちろん大嘘だ。ロラが付き合っているのはアレスではなく、彼の父親――アーガスである。アーガスには歴とした妻がいて、アーガスとロラは不倫関係にあった。

リオノーラの顔からすっと笑顔が消えるのを見て、ロラは胸がすく思いがした。つい得意げな顔になって胸を張る。

しかし、リオノーラは曲げた指を顎に当てて「う～ん」と唸《うな》った。

「……ロラさんが付き合っているのは、アレス様のお父様じゃなくて？」

難しい顔をしたリオノーラが、即座に真実を言い当てる。

アーガスとの関係がバレていることぐらいは、ロラも想定していた。リオノーラは詰所の前で何回か自分の姿を見たと言っている。詰所の前でアーガスと親しげにしている姿を目にされている可能性は充分ある。

食後の紅茶のカップを傾けながら、ロラはさらなる嘘をつく。

「……両方よ」

「両方ですか！　さすがですね～！　ロラさんはお綺麗ですもん！　そりゃお義父《とう》様もアレス様もメロメロですよね！」

「ふふん、まぁね」

大きな目をさらに見開き、感心したと言わんばかりにパチパチと手を叩くリオノーラに、ロラは得意げに鼻を鳴らした。続けて、リオノーラが質問を投げかける。

「お二人も相手にするなんて、さすが騎士様の体力はすごいですね！　アレス様は毎日行為を求めてくるので大変ではないですか？」

「えっ、あいつ毎日するの？　性欲なんかまったくなさそうなのに」

ついうっかり、本音を漏らしてしまう。ロラから見たアレスは非常に淡泊で、性欲があるとは到底思えないような男だった。

言ってからロラはしまったという顔をするが、リオノーラはきょとんとしている。

「毎晩しますよ？　さすがに朝まではしないですけど、攻守交代しながら一晩で二、三回はしますね！」

「嘘でしょ？　だってあの人、宗西戦争の時でも……」

「どうして嘘だと思うのですか？　ロラさんは士官学校時代から、アレス様とお付き合いされているのですよね？」

（この女……！）

完全に油断していた。下手にリオノーラを観察していたことが仇《あだ》となった。リオノーラは商店街の人間ににこにこと笑顔を振り撒き、誰とでも楽しそうに会話していた。ロラはその様子を見て、リオノーラは人への警戒心が薄い、世間知らずなお嬢様だと思い込んでしまったのだ。

「私一人ではアレス様の性欲を受け止めるのは大変でした。ロラさんのような体力のある方が傍にいてくださって良かったです！　これからもアレス様と仲良くしてあげてくださいね」

「……あんた、馬鹿じゃないの？」

リオノーラに何もダメージを与えられていないどころか、関係を受け入れられたことに驚愕する。ロラの予想では、リオノーラはショックで泣き出すはずだった。それが、泣くどころか彼女は笑顔を絶やさない。

ロラは悔しさに奥歯をぎりりと噛みしめた。

◆◇◆

その後、ロラは何やらぷりぷり怒りながら帰っていった。

部屋に一人になったリオノーラは、炊事場の水栓をひねり、汚れた皿を洗う。ロラは終始苛立っていたようだったが、見ていて気持ちが良いぐらい素晴らしい食べっぷりだった。用意した食事をたくさん食べてもらえるのはやはり嬉しい。

女性騎士も増えたとはいえ、まだまだ男性社会だ。仕事でストレスが溜まり、怒りがちになることもあるだろうと、リオノーラは眉尻を下げる。

(ロラさん、か。何か怒ってたけど、綺麗な人だったわね……)

詰所の前で見かけるたびに、リオノーラはロラの美しさに嫉妬していた。癖のない艶《つや》やかな黒髪に、すらりと伸びた長い手足、ほどほどに大きな胸に小さなお尻。ウエストは当然のようにキュッとくびれている。身体の線が出にくい騎士服を着ていても、スタイルの良さは一目瞭然だった。

どれもリオノーラにはないものだ。リオノーラの髪はくるくるの癖っ毛で、手足は短く、お世辞にも胸は大きいとは言えない。お尻は横に張り出て大きく、ロングスカートに隠れた太腿はむっちりしている。外見の特徴が正反対だからこそ、リオノーラはある確信を持っていた。

（……ロラさんが言っていたアレス様との関係、あれは嘘ね）

リオノーラは、アレスの愛人としてのロラの存在を認めたかのように振る舞ったが、もちろんあれは芝居だ。自分でも「これはさすがに天然すぎるのでは？」と思うぐらい、大袈裟に世間知らずなお嬢様っぽくふるまった。あえて恥ずかしがることなく、性生活の内容まで明らかにした。

そして、リオノーラがあっさりとアレスとの仲を認めたことに驚いたロラは、案の定ぼろを出した。

アレスにだって性欲はある。それを否定したロラが、アレスと男女の関係にあるとはちょっと思えない。それに自分と夜の行為をしているアレスが、ロラとも関係を持っているとは思えないのだ。ロラと身体の関係があれば、ちんちくりんな自分なぞ、わざわざ抱かないはずだ。リオノーラは一人でそう納得し、大きく頷《うなず》く。

過去を遡《さかのぼ》れば二人の間にそういうこともあったかもしれないが、そんなことは考えてもどうしようもない。

……どうしようもないと思いたいのだが。

リオノーラはぶんっと頭を横に振る。

（……駄目駄目、想像しちゃ！　変に想像したら私までイライラしちゃう）

アレスはまだ若い。彼がロラの誘惑に負けてもしょうがないと納得しようとしても、リオノーラの中に芽生えつつある「アレスへの独占欲」は静まりそうもない。彼女の中で、「理解ある良妻」である自分と、「独占欲丸出しの強欲妻」である自分が殴り合いの喧嘩をしていた。なお、独占欲丸出し妻のほうが優勢だ。


「ただいま戻りました」

「おかえりなさいませ、アレス様！」

ロラに言われたことなど微塵《みじん》も気にしていないかのように、リオノーラは帰ってきた夫を出迎える。が、アレスは彼女の顔をじろじろ見下ろした。きちんと笑っているはずの顔を。

「……何かありましたか？」

「何か、というと？」

「いえ、気のせいならいいんですが、一瞬泣きそうな顔に見えたので」

アレスは諜報と暗殺を生業《なりわい》とする特務師団にいるからか、心の機微に聡《さと》いところがある。これは誤魔化せないと観念し、リオノーラは口端を下げ、自分の中で起こっていることのみを報告する。

「……アレス様。私は強欲で醜い獣なのです」

「獣？　猫とかカヤネズミのような……？」

「そんな愛玩動物ではありません……！　今、私の中で二匹の獣が戦っております」

リオノーラはその場で拳を数発突き出し、己の中で行われている戦いを再現する。「理解ある良妻」という獣と、「独占欲丸出しの強欲妻」という獣が彼女の中で戦いを繰り広げているのだ。

「アレス様の事情を理解したいと思っている私と、アレス様を独占したいと思ってる私がこう……殴り合っているのです」

リオノーラは真剣な顔で言うが、その様子を見ているアレスの目はなぜか優しい。

「……夢のような光景ですね」

「なっ！　アレス様を巡って二人の私が戦っているのですよ⁉」

「夢のような光景だ」

「なんで二回も言うんですか⁉」

アレスは目を細め、うっとりした様子でリオノーラの頭を優しく撫でた。


翌日。広々とした空間に、女性の勇ましい声が響いていた。

「やあ！　たぁっっ‼」

寮の近くにある貸し道場にリオノーラがいた。栗色の髪を頭の後ろの高い位置で一本にまとめ、一心不乱に訓練用の長い木の棒を振るっている。服装はいつものエプロンドレスではなく、動きやすいズボン姿だ。リオノーラはレイラ相手に木の棒を使った打ち合い稽古をしていた。

戦争が続いていて、しかも勝利し続けているこの国は、国民一人一人の戦う意識が高い。こうして簡単に借りられる貸し道場が、王都にいくつもあるのだ。

「久しぶりだが、悪くないな。良い太刀捌《たちさば》きだ」

リオノーラの鋭い打ち込みに、レイラが口端から笑みを零す。肩のあたりで切り揃えられた黒髪がさらりと舞った。

「そんなことないわ。もうっ、やっぱり身体が鈍っているわねえ……」

レイラの褒め言葉に、リオノーラは眉尻を下げる。彼女は子どもの頃からずっとレイラに護身術を習っていた。護身術と言っても、一般的な令嬢が習得する域を少々超えたものだが。リオノーラは軽量なものなら剣や槍、弓が扱える。彼女はふんわりとした見た目とは裏腹に、そこそこ運動神経が良かった。

レイラがふんと鼻息を吐く。

「太ったからだろうな……」

「うっ、そうよね。……痩せなきゃよね」

屋敷にいた頃のリオノーラは、コルセットがつけられる痩身を維持するために節制していた。だが、王都に来てからというもの、父親の目がないのをいいことに食べに食べまくってしまった。

顎の下に手をやってから、お腹を摩る。以前にはなかった弾力を感じる。

リオノーラはロラの姿を思い浮かべた。すらりと背が高いのに胸やお尻はある、という理想的な体型だった。少々努力したところであぁなれるとは思わないが、今は何かしていないと落ち着かないのだ。

「婿殿はリオが太ろうが痩せようがオバサンになろうが毛むくじゃらの獣になろうが気にしないだろう？　リオはリオだと割り切って溺愛しそうだ」

そう尋ねるレイラは、リオノーラがアレスに体型について何か言われたのだと勘ぐったらしい。

「そんなの、アレス様が見境ないみたいじゃない。私は気になるのよ。それに……」

「それに？」

「私、もっと強くなりたい」

リオノーラは訓練用の木の棒を握りしめ、俯《うつむ》く。その空色の瞳には決意の炎が灯っていた。

(アレス様のお父様が訪ねてきたり、ロラさんに挑発されたりしたけど……。私はもっと精神的にも肉体的にも強くなって、何事にも動じない人間になりたい)

アレスは不安定なところがある。自分がしっかりせねばと、リオノーラは口を真っ直ぐ引き結んだ。

レイラが眉尻を下げる。

「……リオ、婿殿は騎士だ。それも西の帝国との戦争で、ぶっちぎりの戦果を上げた凄腕の剣士だぞ。荒事は婿殿に任せておけ。誰かに襲われそうになったら、お前は逃げるか隠れるかしろ。悪漢の相手はするなよ？」

もっと強くなりたいというリオノーラの言葉をさらに勘ぐったのか、レイラは心配そうに忠告する。

「下手に戦おうとしても、足手まといになるのは分かっているわ。でも、アレス様のために、もっと何かできないかなって思うのよ。一人で寮の部屋にいると落ち着かないの……」

リオノーラは昨日やってきたロラに触発されていた。ロラはとびきりの美人で、騎士としても優秀らしい。宗西戦争でも、アレスに次ぐ戦果を上げたと聞く。端的に言えば、負けたくないと思ったのだ。

「リオ、何かあったのか？」

レイラが改めて訝《いぶか》しげな視線を向ける。リオノーラがいきなり道場で打ち合い稽古がしたいと言い出したので、ずっと様子を窺《うかが》っていたのだろう。

「何もないわ」

しかし、リオノーラはロラの名を出さなかった。下手にロラと接触したことをレイラに言っても、心配されると思ったのだ。それにロラから何か危害を加えられたわけではない。アレスとの男女関係をただ仄《ほの》めかされただけだ。

（ロラさんともう一度会って、彼女が苛立っていた理由を聞かなくちゃ）

なぜ自分にあんな大きな嘘を言ったのか。いや、まだ嘘だと断定はできないが、いやに苛立っていたロラの態度が気にかかる。

リオノーラは精神的に不安定なアレスのことをもっと理解したいと思い、心理学の勉強をしているのだが、苛つきは心の病気のサインだと、図書館で読んだ精神学者の本に書かれていた。

きっとロラは心に負荷がかかるような出来事があって情緒不安定なのだろうと、リオノーラは推測した。

義父アーガスがやってきたあの日、確かにロラは義父の腕に、自分の腕を絡ませて微笑んでいた。ロラが義父の愛人だというのはほぼ間違いない。本人もそれは認めていた。

義父との間に何かがあり、むしゃくしゃして自分のところへ嫌がらせに来たのではないか。ロラは明らかにリオノーラを訪ねてきた様子だったのに、彼女の口から要件らしい要件が出ることはなかった。

リオノーラは結局レイラにも、そして夫のアレスにも、ロラとの一件について何も言わなかった。あくまでこの件については自分で解決しようと思ったのだ。

◆◇◆

一方その頃、ロラはひと仕事を終え、特務師団の詰所へ向かって歩いていた。

（……アーガス様は何を考えているのかしら？）

現在は、アーガスからの急な護衛の依頼をこなした帰り道だ。

依頼を受けて小躍りしながら待ち合わせ場所である高級宿へ行くと、そこにいたのは若い地方貴族の男だった。流行遅れの服を着たその男は、アーガスが薬の取引をしている領の当主だという。顔は悪くなく、背もそこそこ高かったが、着ている物だけでなく話す内容もまったく洗練されていなかった。

騎士のロラは護衛の任を受けることも多いため、上流の貴族を見慣れている。その若い貴族の男はロラに対して好意的だったが、彼女は野暮ったい彼に終始苛立ちを覚えた。

（アーガス様は、適当な男に私を押し付けようとしているんじゃ……）

嫌な考えが頭に浮かび、ロラは慌てて首を横に振る。

姉のレイラにはアレスに乗り換えると啖呵《たんか》を切ったが、ロラの中ではまだアーガスへの未練が燻《くすぶ》っていた。

（アーガス様……）

ロラの目には、アーガスは自分よりも歳が上の息子がいるとは思えないほど魅力的な紳士に映っている。すらりと背が高く、流行《はや》りの服をスマートに着こなし、話す内容も洗練された、理想の大人の男。

（アーガス様は私の手を取って約束してくださったのよ）

今も瞼《まぶた》を閉じれば、アーガスの甘い言葉が頭の中に響く。

『……今はまだ難しいが、いつか必ず妻と別れる。その時は一緒になろう、ロラ』

大きなシャンデリアが煌《きら》めく金と白で統一された、豪奢《ごうしゃ》な空間。アーガスは王都でも一番格式が高いレストランを貸し切ってロラにプロポーズしてくれた。

あの夢のような出来事を思い返すと、今でも頬が熱を持ち、胸が高鳴る。アーガスに与えられた約束が、今のロラを支えているのだ。

考えごとをしながら歩いていると、いつの間にか詰所の前まで来ていた。階段を上がり、扉を開ける。

「ロラさん、お疲れっす！」

扉を開けてすぐに目に飛び込んできたのは、ツンツンした明るい金髪だ。

「お疲れ、ドグラ」

「どうでした？　昨夜の護衛は」

「別に……。普通だったわ」

ドグラの隣にはアーガスの息子、アレスがいた。一ヶ月間の休暇中のはずだが、昼間は毎日のように詰所に顔を出している。ドグラと何か話をしていたようだが、彼はロラの顔を見ると黙ってその場から去っていく。

「あ、アレスさん待ってくださいよ！　なんで黙って行っちゃうんですか！」

ドグラもアレスの後を追って行ってしまった。

以前から、ロラは明らかにアレスに避けられていた。アレスの父親と不倫をしているロラは、良く思われていないのだ。

（姉さんにはアレス補佐官に乗り換えると言ったけど……）

実際は口を利くことさえ難しい。ロラにできることと言えば、アレスの妻リオノーラへの嫌がらせくらいだが、あれも不発で終わってしまった。

（悔しい……、悔しい悔しい……！）

信じていた男に捨てられるかもしれない恐怖。他の男に乗り換えようと思ってもままならない現実。腹いせに、自分の姉を独占していた憎い女に嫌がらせをしようとしても、上手くいかなかった。

ロラは悔しさに震える下唇を噛み、頬に涙を落とす。

（まだ、まだ終わらないわ……！）

ロラは指先で涙を拭うと、詰所の扉を開け、階段を駆け下りた。

◆◇◆

リオノーラがティンエルジュの屋敷を出て、ちょうど一ヶ月が経とうとしていたある日。レイラはトランクに山ほどの決裁済み書類を詰め、ティンエルジュ領へと戻ってきた。

「ただいま戻ったぞ。お館様」

「おお、レイラ。おかえり」

レイラを出迎えたのは、栗色の口髭をたくわえた小柄な紳士だ。同色の髪には白いものがいくらか交じる。彼は目を細め、長身のレイラを眩《まぶ》しそうに見上げた。

「リオノーラに変わりはなかったか？」

「まあ……多少ふっくらはしたが、元気そうだぞ？」

レイラは淡々と言い放つ。彼女は相手が雇い主であっても遜《へりくだ》ることはない。

レイラが「お館様」と呼ぶこの人物の名は、ルシウス・フォン・ティンエルジュ。リオノーラの父であり、この国の南半分を領地に持つ大貴族だ。婿であるアレス目線で見れば離縁を迫ってくる厄介な義父だろうが、常に領民のことを考えた政策を行っているため、領民や移民からの信頼は厚い。

「ふっくらか……。あの子は大食漢でいつもお腹を空かせていたからな。王都はなんでもある。そりゃ、食いすぎを注意する人間がいなければ、たらふく食うだろうな……」

娘がふっくらしているとの近況報告に、ルシウスは項垂《うなだ》れる。

「しかも婿殿はふくよかな女が好きそうだしな」

レイラの言葉に、ルシウスは眉を吊り上げると悔しげに唸《うな》った。

「……アレスは腰抜けだ。リオノーラに手出しされる心配はないが、かといって、それに口出しできないところが駄目だな」

ルシウスは未だ、リオノーラとアレスの間に性的なことは何も起こっていないと信じているようだ。

「そうだな」

ルシウスの言葉に、レイラも頷《うなず》く。レイラは若夫婦がすでに性的な関係を持っていることを知っているが、あえて言わなかった。ルシウスが事実を知れば、強制的に二人を引き離そうとするかもしれないからだ。

（……百五十年以上前の建造物とはいえ、ティンエルジュの屋敷が堅牢《けんろう》であることには変わりない）

ティンエルジュ家の屋敷は「屋敷」とは呼ばれているものの、約百五十年前に起きた独立戦争時代に築かれた「要塞」のひとつだ。

かつて宗国は西の帝国に属しており、別の国名があった。王都と王城は今の場所ではなく、このティンエルジュの地にあったのだ。独立戦争に勝利した宗国はその後百年以上の長きにわたって西の帝国による侵略に怯え続けたが、今から二年半前、王立騎士団を中心とした宗国軍が西の帝国の宮城へ攻め入り、王家断絶に成功する。西の脅威を滅ぼすことができたのだった。

もしもリオノーラがそんな元要塞である屋敷の奥深くに幽閉されれば、特務師団の中でも特に優れた潜入技術を持つアレスでも奪還は難しいかもしれないとレイラは考える。

顎に手を当てて黙ったレイラに、ルシウスが咳《せき》払いをした。

「……ところで、メリルや、アーガスの上の息子二人はまだ無事か？」

「後宮にいるメリル・シェーンの意識ははっきりしないが、辛うじて息をしているとラインハルト殿から連絡があった。デリング子爵の息子二人はとりあえず持ち直したらしい」

レイラは後宮の事情についてラインハルトから報告を受けていた。しかし、リオノーラには「後宮のことは分からない」と嘘をつき続けている。

ラインハルトから聞くメリルの話は、とてもリオノーラに言えるようなものではなかったからだ。

「……そうか。彼らが亡くなると物事が大きく動く。これからも観察と報告を続けてくれ」

「ああ」

「……アーガスは、アレスをデリング家の新たな嫡子に据えるのだろうか」

軍病院に入院中のアーガスの上の息子二人は、とてもではないが家を継げるような状態ではない。

「それはお館様が直接デリング子爵に聞くべきことだろう」

レイラの言葉に、ルシウスの表情が曇る。

(お館様とデリング子爵の仲は、婿殿がリオとの結婚を宗王に願い出てから悪化した)

リオノーラとアレスそれぞれの父親は士官学校時代からの古い友人同士であったが、アレスが勝手に王にリオノーラとの結婚を願い出てからというもの、その関係にヒビが入っていた。

王城から「アレスとリオノーラを結婚させよ」との命が届いた時、ルシウスが愕然《がくぜん》としていたのをレイラは今でもはっきり覚えていた。

◆◇◆

「アレスがデリング家を継ぐのであれば、これ以上リオノーラとの婚姻関係を続けさせるわけにはいかない。リオノーラをデリング家にはやれぬ」

ルシウスは吐き捨てるように言った。彼の厳しい言葉にレイラの表情が曇る。

「なら、さっさと婿殿を次期ティンエルジュ領主に指名したらどうだ」

「……王家の血を引かぬ者に、この地を任せることはできない。領民が許さない。次期領主はリオノーラが産む子だ。父親は出自が確かな者なら誰でも良い」

口ではこう言っているが、ルシウスの本音はまた別だ。

娘の、女性としての幸せをまったく望んでいないわけではなかった。リオノーラはもう一ヶ月もアレスのもとにいる。もしかしたら、リオノーラはアレスのことが本気で好きなのかもしれない。

娘が本気で望むのならば、この婚姻を続けさせてやりたいとルシウスは思う。

しかし、ティンエルジュ領は地方領だ。南方地域からの移民も多く暮らす。地方領には年配者が多く、年配者ほど自分達を治める者の血統を気にする。それに南方地域からの移民の中には、部族長を金で攫《さら》っていったデリング家に強い恨みを持つ者がいる。デリング家当主の息子であるアレスを次期領主に指名すれば、暴動は免れないだろう。

民は領主の血統に誇りを持っていた。ルシウスは現宗王の従兄弟《いとこ》である。そしてリオノーラの母であるメリルも、現宗王の親戚に当たる。二重に王家の血を引くリオノーラには、高貴な血を引く婿を望む声が昔から多かった。

ルシウスは領主として、娘の幸せよりも民の平穏を選ばねばならなかったのだ。

「アレス様、上着のほつれが直りましたよ」

「ありがとうございます。……すごい、どこを引っかけたのか、まったく分かりませんね」

アレスの一ヶ月に及ぶ有給休暇の最終日。リオノーラは彼のために繕いものをしていた。

リオノーラの裁縫の腕は職人並みだ。彼女は体型変化の激しい人生を送ってきた。背中がぱっくり裂けてしまったドレスや、破ってしまったコルセットをこっそり直しているうちに上手くなったのだ。

また、調理に慣れているのも、夜間こっそり屋敷の厨房に忍び込み、限られた材料だけで夜食を作っていたからである。彼女の尋常ではない食い意地が、彼女に侯爵令嬢らしからぬ家事能力をもたらしたと言っても過言ではない。

リオノーラはこの一ヶ月間、その家事能力でアレスを支えた。毎日のように彼女が作った野菜たっぷり肉しっかりの食事を取り続けたアレスの顔色は確実に良くなっていた。

リオノーラは血色が良くなった夫の顔を柔らかく見つめ、口を開いた。

「アレス様」

「はい、なんですか？」

「私、一旦ティンエルジュへ戻ろうと思うのです」

(アレス様の顔色はかなり良くなったと思う。……そろそろ、ティンエルジュへ一回帰っても良い頃合いだと思うわ)


二日後、リオノーラは馬で駆けていた。彼女の前には別の馬に跨《またが》ったレイラがいる。

「リオ、もうすぐティンエルジュに着くぞ」

「やっと？　やっぱり王都からは遠いわねえ」

空が明るくなる前に王都を出て、途中の宿場街で休息を取りながら、リオノーラとレイラはティンエルジュ領へ戻ってきた。リオノーラは約一ヶ月ぶりの帰省となる。

「しかし、よく婿殿が帰省を許してくれたな。絶対に離さないと思ったぞ？」

「アレス様は話の分からない方じゃないわ。そろそろ領の村々への視察にも行かないといけないし、出入り商家との商談もあるわ。領民祭の打ち合わせもしなきゃだし。仕事は山積みよ」

リオノーラはため息をつきながら見慣れた鉄の門をくぐる。

屋敷の前には揃いの赤い制服を着た、私設兵達が立ち並んでいた。

◆◇◆

一方その頃アレスは、特務師団の詰所で黙々と仕事をこなしていた。

数日前にリオノーラから、理路整然と実家へ戻らなくてはいけない理由を述べられたアレスは、反論のひとつもできなかった。

リオノーラは父親である侯爵の右腕。決裁書類のサインなど机仕事は王都でもやっていたが、ひと月も領を留守にした彼女の仕事は山積みになっているはずだ。リオノーラの事情は理解しているが、それはそれとしてアレスは彼女に帰ってほしくないと思った。

だが、彼には議論をする力が欠けていた。リオノーラを引き留めたくても、なんと言ったらいいのか分からない。師団長補佐官というばりばりの管理職者ならば、妻に自分のもとから離れてはいけない理由のひとつや二つたとえ屁理屈だろうと言い返す力が必要だと自分でも思うが、我ながらこの口下手さが恨めしい。

「はあ……」

ため息が止まらないアレスに、ドグラが心配そうに声をかける。

「アレスさん、ため息が止まらないっすね」

「……リオノーラが実家へ帰ってしまったんだ」

「ありゃりゃ。ティンエルジュのお館様に何かあったんです？」

アレスからリオノーラとの仲は良好だと聞いていたドグラは、リオノーラの父親に何かあったのだと思ったらしい。ドグラの家は王都でも指折りの大商家で、ティンエルジュ家とも付き合いがあるという。ドグラがリオノーラの父親を「お館様」と呼ぶのもその影響だろう。

「いや……」

「明日から、西の帝国への遠征ですけど大丈夫ですか？　残党が大暴れしてるらしいっすけど」

「……平気だ。むしろ、身体を動かせる任務が入ってありがたい」

ドグラの言った通り、アレスは復帰早々、敗戦国である西の帝国への遠征を命ぜられていた。この宗国は二年半前の戦争で西の帝国に勝利したが、王家が断絶してもおいそれと植民地化は進まず、毎日のように各地で暴動が起きている。

アレスは騎士だ。国のために戦う仕事に就いている。数年ごとに戦が起こる世情である以上、異国への遠征は度々あった。詰所で書類仕事をしているだけが彼の仕事ではないのだ。

「今度こそ、絶対に暴動を鎮圧させるぞ」

「ひひっ、そう来なくちゃ。またひと暴れしましょうね！　アレスさん！」

「……俺達が暴れてどうする。抵抗してもどうにもならないことを、西の人間に思い知らせに行くぞ」

アレスは立ち上がると、背面の武具置きに手を伸ばす。彼は鞘に入った剣を手に取ると、柄を掴み、ぐっと引き抜いた。目の前に翳《かざ》した刃の状態を確認する。

リオノーラがすぐ手の届く場所からいなくなってしまったのは寂しいが、だからと言って落ち込んでばかりもいられない。自分は自分のなすべきことをしよう。アレスは気持ちを切り替えようとしていた。

西の帝国への遠征は、行き帰りも含めて約半月の予定だった。大捕物《おおとりもの》を想定したそこそこの長期遠征だ。だが、今回見つかったという大規模な反乱軍の構成員は剣すら振るったことのない民間人ばかり。アレス率いる小隊は構成員らと戦うことなく、彼らを強制収容所へ連行した。もっと抵抗されると思いきや、彼らは意外にも従順だった。

反乱軍の人間達はアレスの顔を知っていて、抵抗すれば彼にひと太刀で首を打ち落とされると恐れたようだ。

「……軍関係者もなしに、民間人だけでこれだけの反乱軍を構成できるなんて。ちょっとおかしくないすか？」

ドグラが不満げに口を尖らせる。彼は商家出身の人間らしく、機微に敏感だった。アレスはそれに静かに頷《うなず》く。

「民間人だけの構成員を置いて、黒幕はどこかへ逃げたのかもしれないな」

「追えないですかね？」

「黒幕に近しかった人間が、強制収容所へ連行されているかもしれない。逃げ場所を知っているかもな……」

「黒幕の情婦がいるかもしれませんよね！　オレ、探ってきます！」

ドグラは反乱軍の構成員を連行する際に、好みの女性に目星をつけていたのだろう。フンフンと鼻歌を歌いながら、嬉々として強制収容所へ駆けていく。

自国民だろうが敵だろうが、金を出す男ならば誰にでも身体を貸し出す娼婦はどこにでもいる。ドグラは黒幕を追うためというよりご当地の娼婦と遊びたいだけだろうなと、アレスは呆れた。

しばらくののち、満面の笑みを浮かべたドグラが戻ってきた。

「どうだった？」

「いやあ、最高でした！」

ドグラは財布の口を開けて見せる。ぎっしり詰まっていたはずの硬貨は一枚も残っていなかった。

「……黒幕の行方は？」

「ばっちり聞き出しましたよ！」

ドグラが収容所の女性から聞き出した話は、すでに調査に出ていた諜報部隊の情報と一致した。

おそらく間違いはない。

「ドグラ、剣を持て」

「あいあいさー！　……ああ、アレスさんの大立ち回りがまた見られるなんて、めっちゃ楽しみです！」

「他人事《ひとごと》だな」

「アレスさん、めちゃくちゃ強いですからね！　オレ、宗西戦争の時も、敵に殺される心配はまったくしなかったですけど、アレスさんの逆鱗《げきりん》に触れて殺られる心配はしてました！」

（……もうこいつのことは庇《かば》わない）

そんな軽蔑に満ちた視線をドグラへ送るが、能天気な彼は気がつかない。

久しぶりの戦が始まろうとしていた。

◆◇◆

一方その頃、リオノーラはというと。

「お腹空いた……！　誰か出してっ……！」

ティンエルジュに戻ったはずのリオノーラは鉄格子を握りしめ、空腹を訴えていた。貴人の部屋のような豪奢《ごうしゃ》な造りの牢獄に、地鳴りのような腹の音が鳴り響く。

リオノーラの脇には、空っぽになった食器が置かれている。彼女はつい先ほど、昼食を食べたばかりだ。メニューはフスマ粥の椀が二つに、鶏ささみとキュウリのマリネ、刻み柚《ゆず》。侯爵令嬢が口にするには些《いささ》か質素だが、今王都に住む貴族の間で流行《はや》っている定番の節制メニューである。

帰省したリオノーラは、ティンエルジュの屋敷内にある節制部屋に閉じ込められていたのである。

◆◇◆

「うおおおおお!!」

王立騎士団が西の帝国の反乱軍の隠れ家を包囲したところで、もう逃げられないと悟ったのか、隠れ家の中からサーベルを構えた男達が束になって飛び出してきた。戦の研鑽《けんさん》を積んだ西の帝国の正規軍だろうか。動きが素人ではないと即座に判断し、アレスは部下達に号令を出す。

すぐに王立騎士団と反乱軍の戦いは始まった。幅の広い刃の剣を構えたアレスは、サーベルを持つ敵の手首を迷うことなく刎《は》ね、相手が狼狽《うろた》えたところで鋭いひと太刀を胴体に浴びせ、斬り伏せる。

剣撃の場合、たったひと太刀で人を絶命させることは難しい。他の騎士や一般兵達が五発六発と相手の身体に刃を当て、やっとのことで斬り伏せるところを、アレスはほぼ一撃で討ち倒す。アレスは普段と特段表情を変えることなく、雄叫びひとつあげることなく、淡々と敵を斬る。あまりにも簡単に敵が倒れていくので、傍から見れば「相手が弱すぎるのでは？」と錯覚するらしい。

アレスは幼少期から、兵学校の長期休暇のたびに南方地域の戦闘部族の師範のもとに預けられ、色々な流派の剣技や体術、暗殺術を身につけてきた。今や相手の身体の構えを見ただけで、一撃で討ち倒す最適解を瞬時に導き出させるほど。

ひと太刀で相手を絶命させるのはアレスなりの慈悲であったが、周囲からすると一撃で人間を倒して回るその姿は死神にしか見えないだろう。それでいつしか彼は「宗国の猟犬」と呼ばれるようになった。どこか蔑みを含んだ響きで呼ばれるのは、彼の出自の複雑さによるのかもしれない。

「さすがっすねえ」

倒れた人間で埋め尽くされた地面を見回し、ドグラが慣れた様子で敵将首を回収する。後ろに控えていた衛生部隊が一体一体検分を行い、死亡が確認されると、それらは強制収容所の隣に作られた共同墓地に運ばれた。

敵であろうと遺体の放置はしない。敵が身につけていた武具や衣服はすべて回収し、宗国へ持ち帰る。賊などに鹵獲《ろかく》されないためもあるが、今後の反乱軍対策に役立つ可能性があるからだ。

すっかり撤収作業が終わった戦闘跡地を見て、アレスはどこか遠い目をしてつぶやく。

「……思っていたよりも早く遠征が終わりそうだ」

「そうですねえ。リオノーラ様に会いに行くんですか？」

「いや、彼女は忙しい。それに、彼女が戻ってくるまで俺は王都で待つと約束したんだ」

ティンエルジュへ向かうリオノーラを見送る際、そう約束した。約束させられた、と言ったほうが正しいかもしれない。

「そうなんですか。寂しいっすねえ。アレスさんに呑み屋の女の子を紹介したいですけど、アレスさんはリオノーラ様ひとすじですもんね」

任務が早く終わり、残念な気持ちになったのは初めてかもしれないとアレスは思う。戦場にいれば戦のことだけを考えていられるが、王都へ戻ればそうはいかない。また、しばらく一人きりの寂しい日々が続く。

◆◇◆

日が落ち、兵営の灯火具に篝火《かがりび》が焚《た》かれる。周囲に飛ぶ細かな火の粉を、アレスは見つめていた。

闇夜を明るく照らす篝火《かがりび》は、まるでリオノーラのようだと彼は思った。

「アレス様、大丈夫かしら……」

リオノーラの独り言が、絨毯《じゅうたん》に落ちる。彼女の手元からは、ぱきっぱきっという小気味良い音がした。

リオノーラはレイラから密かに差し入れられた木の実を割っていた。つるっと薄くて硬い乳白色の殻を割ると、中からは黄みがかった緑の実が現れる。それをポイッと口へ放り込んだ。カリッと噛むと香ばしい風味が口の中いっぱいに広がる。

彼女は頭から毛布をすっぽり被って部屋の隅でしゃがみ込み、丸くなってカリカリと音を立てていた。

牢獄ならぬ節制部屋に入れられているリオノーラは、夜食を含む間食を禁じられている。彼女なりに、見張りの私設兵に間食がバレないようにしているのだ。

「ちゃんとお食事をされているかしら……」

アレスが西の帝国へ遠征に行ったとレイラから聞いて、リオノーラは心配で寝付けなくなっていた。

アレスは王都の騎士。国のために剣を振るうことが彼の本業だと、彼女なりに理解していたつもりだったが、一ヶ月もの間一緒に暮らし、彼女の内で考えの変化があった。

端的に言えば、リオノーラの中でアレスの存在は自分の身体の一部のようなものになったのだ。

アレスが遠征先で怪我をしたら、もしも死んでしまったら——そう考えると、胸の奥が強く締め付けられる。

遠征先できちんと食べているだろうか。お腹を壊していないだろうかと、少々母親じみた心配をしていた。

◆◇◆

リオノーラの思いとは裏腹に、難なく遠征を終えたアレスは王都へ戻ってきていた。

詰所でシャワーを浴び、再度事務室に戻ったところで、頭からタオルを被ったドグラの姿が目に入る。ドグラは濡れた金髪から玉のような水を滴《したた》らせていた。仕方のないやつだなと呆れながら、アレスはドグラのタオルを取り、髪を拭いてやろうとしたのだが。

「アレスさん。ロラさん、デリング子爵の護衛任務から帰ってきてないみたいです……」

ドグラは台帳をパラパラめくりながら難しい顔をしている。彼のこんな顔はあまり見たことはない。

「単なる記帳忘れじゃないのか？　ロラだって、任務の報告を忘れることぐらいあるだろう」

「ケチなロラさんに限ってそれはあり得ないっすよ。だって記帳を忘れたらその分給金が支払われないんですよ？」

「そうなのか」

やはりドグラは人の機微に敏感だなとアレスは妙に感心する。

「……それに、デリング子爵の護衛は要人警護ですよ？　さっき近衛師団の事務官が詰所に来て、デリング家から依頼人帰宅の連絡がまだないって焦ってましたけど」

ロラは今回の西の帝国遠征には不参加だった。デリング子爵――アレスの父アーガスから護衛の依頼が入り、ロラはそちらの任に就いていたのだ。

要人警護の場合、依頼人は屋敷に無事帰宅した際、近衛師団までその報告を届け出る義務がある。要人には基本、家令を含めた付き人が何人もいる。近衛師団に帰宅報告をするため、人を出すことは別に難しいことではない。

「父上はロラを護衛につけてどこへ行こうとしていたんだ」

「ティンエルジュ領ですよ」

「ティンエルジュ領？」

妻の実家領の名が出て、アレスの片眉がぴくりと動く。リオノーラは今、ティンエルジュ家に戻っていた。

「一体、父上はなんのためにティンエルジュ領へ……」

「それは分かりませんけれど。ロラさんはここへ戻ってない、デリング子爵も帰宅していない。これは事件ですよ」

「……二人は愛人関係だぞ？　護衛契約にかこつけて二、三日ぐらい行方をくらますことだって……」

その時、二人がいる事務室の戸がコンコンと叩かれた。

アレスが返事をすると、そこには受付係の騎士と、赤い制服を着た黒髪の女がいた。赤い制服は、ティンエルジュ家の私設兵のものだ。私設兵はアレスの顔を見ると、敬礼のポーズを取る。彼女の黒目がちな瞳は揺れていた。

「アレス・デリング様、申し伝えます」

「……ああ」

「ティンエルジュの森、第五地区にてデリング家の馬車が見つかりました」

「…………」

「中にいらしたのは、デリング家の当主アーガス様でした。我々が見つけた時には、すでに息はなく……」

私設兵の女が口にしたのは、アレスの父、アーガス・デリングの死亡報告だった。


ティンエルジュ家の私設兵の話によると、馬車には損傷らしい損傷は見られず、中で倒れていたアーガスの衣服にも乱れはなかったらしい。奪われたものは、四頭馬車のリーダー格となる馬一頭のみ。アーガスが常に身につけていた金の指輪すら、抜き取られていなかったそうだ。

私設兵の話の限りでは、賊の犯行とは考えられない。

アレスはドグラの目を見た。彼も同じ考えなのか、悲しげに顔を歪《ゆが》めている。

「現場は？」

「すでに撤収されております。アーガス様のご遺体はティンエルジュの屋敷へ搬送済みです。私はお館様の命でこちらへ参りました。アレス様、我々とご同行願えますでしょうか？」

私設兵は南方地域の出なのだろう。ところどころ南方訛《なま》りはあるが、しっかりとした口調で話す。

「アレスさん、行ってください」

「ドグラ」

ドグラがぽんとアレスの肩を叩く。その顔には自分も行きたいと書いてある。彼が心配しているのは、アレスのこともあるだろうが……一番はロラだろう。

「ラインハルト補佐長が戻ってきたら、説明しておきますよ。まぁ、あの補佐長のことだから、すでに知ってるかもしれませんけど……。ここは任せて、親父さんのところへ行ってあげてください」

ラインハルトは今回の西の帝国遠征に参加していなかった。

近衛師団から直々にラインハルトに任務の依頼があり、彼はここしばらく王城勤務となっていた。

「……後は頼む、ドグラ」

「任せてください！」

アレスは腰に剣帯を巻き、詰襟服の上から生成《きな》り色の外套を羽織ると、私設兵の後ろについて外に出る。詰所の前にはすでにティンエルジュ家の馬車が用意されていた。

◆◇◆

時は数日遡《さかのぼ》る。

ロラはデリング家から依頼を受け、アーガスの警護をしていた。

(アーガス様はやっぱり私のことがお好きなのよ)

御者台《ぎょしゃ》に上がり、馬達を走らせながらロラは一人ほくそ笑む。途中の宿場町で久しぶりに良いことがあったロラはご満悦だ。やはり自分はアーガスにとって特別な存在なのだと確信する。

この馬車は現在、ティンエルジュ家の屋敷へ向かっている。護衛はロラ一人だった。

ティンエルジュの森の第五地区に差し掛かったところで、ロラは一旦馬車を停める。アーガスはあまり馬車が得意ではなく、小休憩を挟みながら移動するのが常であった。

「アーガス様、休憩にしましょう」

「ああ……。ちょうど良い、ロラ、話があるんだ」

馬車の扉を開けてアーガスに声をかけると、中に入るよう手招きされる。

(アーガス様ったら、宿でもあんなに愛し合ったのに……)

束の間の熱いひとときを思い出したロラは口許を緩めながら、アーガスの隣に座った。

「ロラ、君にお願いがあるんだ」

「なんですか？　あなた様のお願いごとなら、このロラ、なんでも叶えますわ」

(……とうとう、本妻と別れる日が決まったのかしら)

貴族の妻になるため、南方訛《なま》りを矯正し、淑女の言葉使いやマナーも覚えた。南方地域は言葉遣いに男女の差がない。女でもレイラのように男と変わりのない話し方をする。

(私はアーガス様の妻になるため、血の滲《にじ》むような努力をしてきたのよ)

それもすべて成り上がるためだ。人が羨む生活を手に入れるために、手段を選ばなかった。

（アーガス様の妻になれば、姉さんや父さんに楽をさせてあげられる……！）

ロラの黒い瞳が未来への希望で輝いた、その時だった。アーガスは神妙な面持ちで口を開いた。

「……ロラ、ティンエルジュの屋敷にいるリオノーラを攫《さら》ってくれないだろうか？」

アーガスの言葉に、ロラの顔が固まる。

「……攫《さら》う？」

「ああ、これは君にしか頼めないことだ。ティンエルジュの屋敷は独立戦争時代の元要塞で、そう簡単には忍びこめない。……だが、宗西戦争時、西の帝国の宮城へ攻め込んだ君ならできるだろう」

たしかにアーガスが言う通り、ロラは西の帝国の宮城に忍び込み、要所の錠を開けて回った。それを武勇としてアーガスに話した。だがそれは宗王の名のもとに戦った戦争でのことだ。

「アーガス様、大儀もなく貴族令嬢を攫《さら》っては犯罪になります」

「君は私のことを愛していると言ったじゃないか。私のために泥を被ってくれないだろうか？　それに君が軍法会議にかけられても、私が保釈金を出す。それなら問題ないだろう？」

「なっ……!?」

ロラは絶句する。あからさまなトカゲのしっぽ切りに言葉を失った。

姉から言われた言葉の数々をロラは思い出す。

（姉さん、やっぱりあなたは正しかったわ……）

ロラは俯《うつむ》いたふりをして、懐から銀に輝くものを取り出した。

「ロラ、私達の未来のためだ。やってくれるだろう？」

「はい、もちろんですわ！」

顔を上げたロラは、アーガスに満面の笑みを向ける。だが、その笑みを目にしたはずのアーガスの顔が苦痛に歪《ゆが》む。

「なっ……何をした……!?」

仕立ての良いアーガスのベストには、銀色に輝く細長い暗器が深々と突き刺さっていた。

「女をナメんじゃないわよ!!」

ばしりと乾いた音が馬車の中に響く。アーガスの左頬が赤く染まった。

その後、アーガスが絶命したことを確認すると、ロラは馬車を引いていたリーダー格の馬のハーネスを外す。

「まったく……、私の人生って何なんだろ……」

そうつぶやくと、ロラは馬に跨《またが》り、その腹を蹴った。馬を走らせるが、どこへ逃げたらいいのか分からない。だが、この場にもいられない。

やるせなさに胸が押しつぶされそうになりながら、ロラは馬と共に駆けた。

しばらく馬を走らせていたロラだったが、水場を見つけて立ち止まる。

「……ごめんね、無理させて」

馬の背から下りたロラは、馬の首を撫でる。南方地域では馬を非常に大事にしていて、家族同然の扱いをする。

「はあ……」

ちょうど座りやすい岩場を見つけたロラは、そこにしゃがみこんだ。

(本当に私、何をやってるんだろう)

護衛対象の貴族の殺害。軍法会議に掛けられれば禁固十年、いや二十年以上の実刑は免れないだろう。

(……罪を償って出てきても、おばさんになってるわね)

人が羨むような未来など、到底手にできないことは確定した。生きていても仕方がないとロラは絶望的な気持ちになる。ふと前を見る。川が流れていた。馬が水を飲めるほど流れは緩やかだが、騎士服を着たまま奥まで入水《じゅすい》すれば死ねるかもしれない。

(……もう生きていたって仕方ないわ)

ロラも宗西戦争時、アレスや他の騎士や兵と同じく、戦神の薬を投与されていた。戦神の薬は五日五晩無休で戦えると謳《うた》われる強い体力増強剤だが、その一方で生活の質を落とす副作用がいくつも現れる。ロラもこの二年半の間、言いようのない苛立ちに苦しめられてきた。

黒革のブーツで包まれた片足を川に沈める。風を受け、ぶわりと広がる自分の黒髪が水面に映った、その時だった。

「ロラ!!」

背後から、自分を呼ぶ声が聞こえた。

「……姉さん」

「馬鹿なことを考えるんじゃない!!」

鬼の形相で向かってくる姉レイラの顔を見ても、ロラは動けなかった。レイラに肩をぐっと掴まれる。

「でも、姉さん……!!」

「でも、じゃない！　こんなことで生きるのをあきらめるな!!」

レイラはすべてを知っているのだろう。ロラがアーガスを殺害したことを知って、ここまでやってきたのだ。

ロラの目に涙がせり上がる。頬を濡らすロラを、レイラが抱きしめる。

「うっ、ううっっ……っ！　姉さん、ねえさん……！」

「すまなかった、ロラ……」

「なんで姉さんが謝るのよ……！」

「私がお前に寂しい思いをさせたからだ。なにがあってもロラは私の大切な家族だ。だからしっかり罪を償え、ロラ」

ロラは黙ったまま、レイラの胸のなかで頷《うなず》いた。

◆◇◆

ティンエルジュ領へ向かう馬車の中で、アレスはロラとのやりとりを思い出す。リオノーラがティンエルジュ家へ一旦戻ると言い出す少し前、ロラとひと悶着あったのだ。

ロラはなんとデリング家の屋敷まで行き、アレスの義母ジーナと直接会って「アーガスと別れるように」と直談判したのだ。王立騎士団の騎士が、貴族相手に物申すなぞ考えられない事態だ。そもそも愛人が正妻に対し、別れるように直接迫るなど、厚顔無恥も甚《はなは》だしい。

ジーナは王家の縁戚に当たる侯爵家の元令嬢で、根っからの深窓のお嬢様だった。ロラの存在にただただ怯え、アレスに相談してきたのだ。

アレスは当然、ロラの行いに憤《いきどお》った。妾の子である自分を優しく迎え入れてくれたジーナのことを、アレスは大切に思っている。

義母は長男と次男がそれぞれ病と怪我に倒れ、ただでさえ心労の絶えない日々を送っているのに、ロラのことでも気に病んでいる。アレスはジーナの皺《しわ》の多い手を取り、自分がなんとかすると誓った。彼女はつぶらな瞳から涙を零していた。

ジーナもアーガスのせいで不幸になった人間の一人だ。

アレスは顔には出さないが、怒りに震えていた。彼女から相談を受けたのち、アレスはロラを詰所の個室に呼び出した。

アーガスにももちろんひと言言ってやりたい気持ちはあったが、アーガスがアレスの呼び出しに応じたことは今まで一度もない。アーガスはどこまでも自分勝手な男だった。

『何よ、アレス補佐官。話って』

ロラはアレスの歴とした部下だが、ぞんざいな口を利く。

ロラも宗西戦争で輝かしい武功を立てて昇格したが、暗殺部隊の伍長にしかなれなかった。女性騎士にしては高い地位だが、今までに彼女が上げてきた戦歴と見合っているとは言いがたい。ロラは自分の地位に不満を持っている。だから、上官であるアレスやラインハルト相手にも対等以上の口の利き方をするのだろう。

『単刀直入に言う。もうデリング家には近寄るな。これは上官命令だ』

ロラ相手に、交渉は通用しない。彼女はどこまでも直情的で、己のルールで生きている。およそ騎士とは思えない。

『デリング家に近寄るな？　それは無理よ。あの人から護衛の依頼が来るもの』

ロラはハッと乾いた笑い声を出すと、ワンレングスの長い黒髪をかったるそうにかき上げる。

『依頼主の屋敷まで迎えに行かないなんて、あり得ないわ』

『義母《はは》に詰め寄ったと聞いた。私用でデリング家へ行くことを禁じる』

『あのババア、あんたにチクッたの？　生まれが良いだけのなんの役にも立たないババアの癖に、いつまでも椅子を空け渡さないから忠告してやったのよ。私なら、アーガス様に丈夫な跡継ぎを産んであげられるってね』

『君が父上の子を産んでも、戦の道具にされるだけだ。デリング家の跡継ぎにはなれない』

『そんなの分からないじゃない』

『この国の貴族社会は血統主義だ。たとえデリング家を継ぐ者が君が産んだ子のみになって跡を継いだとしても、その後は誰もデリング家を相手にしなくなる。没落するだけだ』

『……じゃあたとえあんたがデリング家を継いでも、没落しちゃうわね』

『ああ、デリング家は没落する』

アレスははっきりと断言する。

『もしもデリング家の跡継ぎ候補が俺だけになった場合、俺は相続を放棄する。領地と薬畑の権利も、そのすべてを国へ還す』

『……馬鹿じゃないの？　継げば楽して贅沢できるのに』

『贅沢三昧の生活目当てで父上の子を産むつもりなら、やめておけ。そんな生活は長くは続かない。それに豪華な衣装を着ても、人から傅《かしず》かれても、幸せにはなれない』

アレスが父親から与えられたものは、金だけだ。戦う者としての最高の教育を受けさせられたが、それだけである。子どもの頃から綺麗な衣装を着させられ、良い食事を与えられたが、アレスはそれが幸せだとは感じなかった。

子どもの頃、嬉しかった出来事のほとんどはリオノーラ絡みのことばかり。二人で野花が咲き誇る丘に行き、夢中で花冠を編んだ。アレスが初めて編んだ花輪を、リオノーラの頭に載せてやった時の、彼女のあの笑顔が今でも忘れられない。

金銭的な裕福さなど、いくらあっても幸せにはなれない。アレスはそう確信していた。

『……ふふ。あは、あはははは』

ロラは片方の手で顔を覆い、声を震わせて笑い出した。不自然な笑い声が、狭い個室に不気味に響く。しばらく笑ったのち、指の隙間から覗《のぞ》く陰鬱な目が、アレスの姿を捉えた。

『……甘ったれのクソボンボンが。苦労知らずのあんたに何が分かるのよ』

長い髪を額に垂らしながら、『はー……』と、ロラは深いため息を漏らす。口元には弧が描かれているが、その黒い瞳にはうっすら涙が滲《にじ》んでいる。

『……姉さんには結婚を誓い合った男がいたわ。でも、姉さんは結婚しなかった。十五歳で集落を出て、ティンエルジュ侯爵家で働き始めた。私を宗国王都にある兵学校へやるためにね』

ロラはアレスに、ぽつりぽつりと語り始めた。姉のレイラのことを。そして自分のことを。

『南方地域はどこも貧しいわ。姉さんは私に宗国で騎士になれと言ったの。私は集落を出たくなかったし、姉さんとも離れたくなかったけど、兵学校へ行く以外の選択肢はなかった。だから、何がなんでも騎士になって、貧乏から這い上がってやろうと思ったわ。騎士になって稼いで……姉さんに楽をさせてやりたかった。誰よりも良い生活を姉さんにさせてやりたかったのよ』

落胆が滲《にじ》む、ロラの声。アレスはなんと声をかけてやれば良いか分からず、押し黙る。

『……でもねえ、駄目だった。騎士は金ばっかかかるから、敵をどれだけ殺しまくったところで、ちょっと良い剣を新調すればすぐに報酬なんか飛んでいったわ。すぐに理解したわよ、騎士がお金持ちの子息だらけの理由がね。私みたいな南方移民の小娘がどれだけ頑張ったところで、騎士業だけでは食べていけないのよ』

ロラの言う通り、騎士業を続けるにはとにかく費用がかかる。高価な武具は消耗品であり、特に騎士剣は郊外に小さな屋敷が買えるほど高い。最低限の装備品は王立騎士団から支給されるものの、騎士は職業柄、人の視線を集めやすい。見栄を張るために借金を重ねる者も少なくなかった。

『……アーガス様は私にとって、ずっと裕福の象徴だったわ。いつも綺麗な格好で集落に現れて、見たこともないようなお菓子を私にくれた。アーガス様を悪く言う人はいたけど、私にとって彼は英雄だった。ああ、私や姉さんを貧困から救ってくれるのは彼なんだって……』

『ロラ、それは』

ロラが遠い目で言う。そんな彼女は騙されていると思い、アレスはとっさに発言を阻《はば》んでしまった。意見されると思ったのか、ロラがアレスをギッと睨《にら》む。

『あんたはアーガス様に養われてそんなに立派になった癖に、どうしてアーガス様を悪く言うの？　アーガス様から愛情を与えられなかったから？　彼の女癖が悪かったから？　それとも戦神の薬の実験台にされたから？　何もかもアーガス様の力で手に入れておきながら、生意気言ってんじゃないわよ！』

ガッとロラは近くの壁を殴りつける。

『だいたいあのお嬢様と出会えたのも、アーガス様がティンエルジュ侯爵と交流があったからでしょ？　ムカつくのよ、あんた……！　最近は姉さんと会っても、あんたの話ばかりするの。姉さんのきょうだいは私だけでいい。アーガス様に期待をかけられる騎士も私だけでいいの。どうしてあんたばっかり……！』

ロラが懐から鈍く光るものを取り出すのを見て、アレスはとっさに避けた。アレスがいたすぐ傍の壁に、錐《きり》の暗器がドンッと突き刺さる。

ロラは明らかに錯乱していた。彼女も二年半前の戦争で「戦神の薬」を投与された騎士の一人だ。

彼女もアレスと同じく抑うつ状態だが、女性の症状は「怒り」として現れやすく、周りにはただのヒステリーとして認識され、人から距離を置かれてしまうので重症化しやすい。

その後すぐ、ロラは騒ぎに駆けつけた他の騎士達に取り押さえられた。本来ならばロラは謹慎処分になってもおかしくない真似をしたのだが、アレスは自分の言葉が悪かったせいだと中途半端に彼女を庇《かば》った。

結果、ロラはアーガスの護衛の任に就き、今回の事件が起きてしまった。


月明かりを頼りに馬車は夜通し走り続け、明け方、ティンエルジュ領に到着した。

アレスは重い足取りで馬車を降りた。石造りの堅牢《けんろう》な建物の中を進む。ティンエルジュ家の屋敷は約百五十年前の独立戦争時代に建設された元要塞に改装を重ねた建物で、そのところどころに以前の名残《なごり》がある。

広いエントランスに入ったところで、アレスははたと足を止めた。

「ティンエルジュ、侯」

アレスの目の前には、栗色の髪に青い目をした小柄な紳士がいた。とっさにアレスは腰を折る。別に焦る必要などない。アレスは心を落ち着けようとしたが、胸の鼓動は否が応にも速くなる。

彼はリオノーラの父親が苦手だった。

リオノーラが王都に来て一ヶ月間もアレスの部屋に滞在したのは、彼女自身の判断だ。別にアレスが無理やり連れ出したわけではない。それでも、何か自分が悪いことをしたような気分になる。

「来い。アーガスはこっちだ」

緊張するアレスとは裏腹に、ティンエルジュ侯爵ルシウスは淡々とアレスを促した。

屋敷のエントランスに隣接した小部屋に、白い布をかけられた遺体はあった。アレスは顔にかけられた布をそっと持ち上げる。年齢を感じさせない若々しい顔がそこにある。まるで眠っているようだ。

父が亡くなり、その遺体を目の前にしているというのに、なんの感情も湧かない。

横たえられた身体に視線を走らせる。胴体の中心の衣服に、わずかだが穴が見られた。濃緑のベストを着ているので分かりにくいが、微《かす》かに血が滲《にじ》んでいる。

父は暗殺されていた。それも相当な手練《てだ》れに。

暗殺の手口は南方地域の戦闘部族のものに酷似している。胴体にこのような細い暗器を突き立てて絶命させるには、人体の知識と技の修練が必要で、ただの賊にそれができるとは思えない。

当時の父の護衛についていたロラは、戦闘部族の出で、しかも凄腕の暗殺者だ。やはりこんな真似ができるのはロラ以外に考えられなかった。

「レイラが今、ロラを追っている。近衛師団や監査部にも使いをやった。お前はここにいてやりなさい。父親の最期だ」

「ティンエルジュ侯……」

「アーガスはお前にとって良い父親ではなかっただろうが、親は親だ」

「ティンエルジュ侯、リオノーラは」

アレスは、部屋を出ていこうとするルシウスの背に声をかける。ルシウスは振り返るが、その眉間には深い皺《しわ》が刻まれていた。

「娘は牢に入れた」

「……牢?」

「あとひと月半でお前との離縁も成立する。それまでリオノーラは牢に入れたままにする」

「お待ちください、ティンエルジュ侯!」

「黙れ!」

ルシウスの声が狭い室内に響く。

「……お前は父親という唯一の後ろ盾も失った。このまま、リオノーラの婿でいられると思うなよ」

そう言い放ち、ルシウスは部屋から去っていく。アレスは父の遺体の隣で頭を垂れてそれを見送りながらも、ぐっと拳を握りしめた。

(……このまま引き下がれない)

確かに貴族の父という後ろ盾は失ったかもしれない。だが、ロラの件で義母ジーナのもとを訪れた際、彼女に、デリング家を託したいと言われたのだ。

(俺がデリング家を継げば……)

以前のリオノーラはティンエルジュ領のことばかり考えていたようだが、一ヶ月間王都で共に暮らしたことで、二人の間にはしかと絆ができたと思う。

（今ならば、もしかしたら……）

リオノーラはティンエルジュ家を捨てて、自分と生きる道を選んでくれるかもしれない。微《かす》かな希望が、彼の顔を上げさせる。

ロラには売り言葉に買い言葉で「デリング家を継ぐつもりはない」と言ったが、リオノーラと生きるためならば、たとえ茨の道でも突き進むつもりだ。庶子の自分が新たなデリング子爵になったところで、周辺貴族や領民と上手くやれるかどうかは分からない。だが、リオノーラとの家庭を維持するためならば、どれだけ辛く苦しいことでもやれると思った。

アレスはまず、リオノーラが入れられているという牢を探すことにした。


「誰か出して！　甘いものをちょうだい！」

ガシャンガシャンと金属同士が当たるけたたましい音がする。

カーテンの裏に潜んだアレスの視線の先には、鉄格子を握りしめ、ガンガンと音を立ててそれを揺らすリオノーラの姿がある。その様を目にしたアレスは、獣のようだ、と思った。

アレスは囚われの姫を救い出す物語の騎士のような気持ちで、リオノーラが幽閉されている部屋へと忍び込んだのだが、彼女は囚われの姫というよりも、明らかに飢えた獣だった。

リオノーラの父親違いの弟であるマルク王子はカヤネズミを飼っていて、よくそのカヤネズミが鉄格子でできた小屋によじ登って、今のリオノーラのように柱を揺らしているのだ。毛の色や瞳の丸い感じもよく似ている。

「……リオノーラ」

「はっ……!? あ、アレス様！」

リオノーラをいつまでも黙って見ているわけにもいかない。アレスが声をかけると、彼に気づいたリオノーラの表情がパッと明るくなった。

「アレス様、聞いてください……！ お父様ったらひどいんです！ 私をここへ閉じ込めて、毎食鳥の餌みたいな食事しか出してくださらないの！ ほら、器もこんなに小さくて……」

涙ながらに食事の少なさを訴えるリオノーラだったが、器はどれも人の頭ほどの大きさがある。アレスが詰所の食堂で食べている定食の食器よりもずっと大きい。

「それはひどいですね」

しかしアレスは「充分すぎるだろ」とは突っ込まない。

「俺と一緒に暮らせば、これからも好きなだけなんでも食べられますよ。甘いものだって、ほら」

「わぁっ、ナッツケーキ……！」

アレスは四角い棒状の菓子をリオノーラへ差し出す。彼女はすぐにそれを口に咥《くわ》えた。木の実を砕き、はちみつなどで固めたそれは王立騎士団では定番の携帯食だ。

「美味しいっ、香ばしくて甘いですっ！」

「……それは良かった。リオノーラ、俺のことが好きですか？」

リオノーラは満面の笑みでケーキをぼりぼり咀嚼《そしゃく》しながら、アレスの突然の問いに動じることもなくうんうんと頷《うなず》いた。

嬉しそうに頷《うなず》くリオノーラを見下ろすアレスの瞳に、陰鬱な光が宿る。

「……リオノーラ、今からあなたを頂いてもいいですか？」

リオノーラの目が点になる。ぱちぱちと瞬《まばた》きした後、彼女は目の前にいるアレスの顔を見上げた。

ナッツケーキを咥《くわ》えたままのリオノーラの耳の下に、アレスは自分の手を潜り込ませる。

「らめれふっ、ひとらひまふっ！」

「ありがとうございます、リオノーラ」

リオノーラは「駄目ですっ、人が来ます！」と言っていたようだが、アレスはあえて無視した。

彼女の口から、ナッツケーキがぽろりと零れ落ちた。

◆◇◆

一方その頃、屋敷の執務室では、ルシウスが沈痛な面持ちで机に視線を落としていた。

王城にいるティンエルジュ家の間者から、後宮にいる元妻・メリルが危篤だと聞き、すぐさま屋敷を発《た》とうとしたタイミングで飛び込んできたのが、ティンエルジュの森でアーガスの馬車が襲われたという報だ。立て続けに届いた良くない報せに、ルシウスは気が立っていた。

アーガスは古い友人だ。アレスの求婚の件があったにせよ、亡くなれば悲しく思う。手厚く弔《とむら》ってやりたいとルシウスは思った。しかもアーガスを襲った犯人は、レイラの妹ロラである可能性が高いらしい。長年ティンエルジュ家に仕えているレイラの気持ちを思うと居た堪れない。

不幸は得てして重なりがちだ。そう考えて心を落ち着けようとしても、気は鎮まらない。気持ちが昂《たかぶ》るまま、つい、アレスに八つ当たりしてしまった。

あの場で「このまま、リオノーラの婿でいられると思うなよ」と脅したのは、さすがに言いすぎだった。少なくとも父親の遺体の前で言うべきことではなかった。

アレスは普段はおとなしい青年だが、宗王にリオノーラとの結婚を願い出たりと、何をしでかすか分からないところがある。不用意な発言はすべきでないと、ルシウスも分かっていた。

「はぁ……」

王都へ行きたい気持ちと、たとえ今から王都へ行ったとしても、メリルの最期には立ち会えないだろうという考えがせめぎ合う。

自分が今やるべきことは、ここに残ってアーガスを弔《とむら》い、アレスにデリング家をどうするつもりなのか聞くことだ。アレスがデリング家を継ぐつもりならば、リオノーラとは絶対に離縁させなくてはならない。リオノーラはティンエルジュ家の一人娘だ、デリング家にはやれない。

それは分かっているのに、今自分がこうしている間もラインハルトがメリルの傍にいるのかと思うと、ルシウスの胸はざわついた。

ラインハルトとメリルは元恋人同士で、二人は幼馴染《おさななじみ》だった。ラインハルトの両親は南方地域出身の移民で戦闘部族の出。メリルの生家シェーン家で住み込みの私設兵として働いていた。ラインハルトも丁稚《でっち》としてシェーン家に仕えていたらしい。

ラインハルトとメリルの歳の差は二つ。思春期に定期的に顔を合わせていれば、恋仲になるのも無理はないような年齢差だ。

シェーン子爵家は王家の傍流ではあるが、貧しかった。メリルの両親は、一時は本気でラインハルトを婿にしようと考えていたらしい。兵学校へ行かずとも、ラインハルトは主席で士官学校に入学するぐらい、頭の切れる男だったのだ。彼ならば、事業の失敗で傾いたシェーン家を立て直せると考えたのだろう。

しかし二十二年前、ラインハルトとメリルの結婚の噂が社交界で流れ出した頃、ルシウスがこの二人の仲を切り裂いた。王家の傍流であるシェーン家を没落させるわけにはいかない。そう考えたルシウスが、メリルに求婚したのだ。

メリルの両親は娘に何も知らせぬままラインハルトを退け、ルシウスの求婚を承諾した。婚礼着に身を包んだメリルの、あの氷のような表情を、ルシウスは今でも忘れられない。

ルシウスとメリルは愛のない結婚をした。ルシウスは貴族の務めとして、没落しかけていたシェーン家とメリルを救ったつもりでいたが、メリルは結婚後、ルシウスに笑顔ひとつ見せることはなかった。

結婚後、すぐに二人の間に娘――リオノーラを授かったが、それでもメリルの態度は軟化せず、メリルは幼いリオノーラに対して、ひどい態度を取った。来る日も来る日もメリルは娘を罵《ののし》り、幼い頬を張り倒すのを、何人もの使用人が目撃していた。リオノーラの頬は常に真っ赤に腫れ上がっていた。メリルはルシウスの毛色や特徴を色濃く受け継いだリオノーラを受け入れられなかったのだ。

ルシウスは虐待の痕を見つけるたび、もちろんメリルを叱責したが、彼は多忙な領主で、屋敷を留守にしがちだった。自分がいない間、家令のラーゼフにメリルを見張るように命じたが、これがさらなる悲劇を生むことになる。

メリルはリオノーラが五歳の時、家令のラーゼフと共にティンエルジュ領を出ていった。二人が出奔した当初、彼らは愛人関係にあるのだとルシウスは考えていたが、メリルがティンエルジュを出たのにはまた別の理由があった。

ラインハルトである。メリルは王都の騎士になったラインハルト会いたさに、侯爵夫人の立場を捨てたのだ。この事実は、ティンエルジュ家から送り込んだ間者経由で知った。

（……ラインハルトは陛下のお気に入りで、陛下はラインハルトの子を欲しがっていた）

王は遺伝病を患っている上、男を好む男で、世継ぎを作れぬ身体だった。王は見初めた男と王家の血を引く女――ラインハルトとメリルとの間に子を作らせた。そうして今から十年前に生まれたのがマルク王子だ。

ティンエルジュ家の間者曰く、ラインハルトはメリルとマルク王子が暮らす後宮にたびたび出入りしているらしい。親子ごっこをしているのだと思ったルシウスはなんとも不快な気持ちになった。

（私もメリルの幸せを願って、彼女の生家シェーン家ごと支えるつもりでいたのに）

ルシウスとの結婚が決まった時、メリルはまだ十五歳の少女だった。長く一緒にいれば、子どもが生まれれば、いつかメリルは態度を和らげてくれるはずだとルシウスは信じていたが、メリルは頑なだった。彼女はラインハルトを忘れなかったのだ。

マルク王子が生まれ、ラインハルトとも定期的に会えるようになったメリルは、さぞや幸せに暮らしているのだろうとルシウスは思っていた。しかし——ある日、メリルが彼女を連れ出した元家令のラーゼフを刺し、彼女自身も自害しようとしたという報が届く。

結局メリルは最後まで幸せになれなかったのかもしれない。そう思うと、ルシウスはやるせなかった。

話は少し戻って、メリルが後宮へ入った時、ティンエルジュ家に王城からの報せなどは特になく、一方的に離縁状だけが送り付けられてきた。ルシウスはその離縁状に事務的にサインをした。夫婦としての終わりは実にあっけないものであった。

ルシウスのもとには、メリルが産んだ一人娘のリオノーラが残された。

この国は戦争続きで女が跡目を継ぐこともあるが、基本的には男が継ぐものとされている。ルシウスには跡継ぎとなる男児が必要だったが、彼は再婚しなかった。リオノーラが継母から虐待を受けてしまうかもしれないと考えたのだ。

それでもリオノーラには母親代わりとなる存在が必要だろうと思い、付き合いのあった南方部族の族長の娘を、リオノーラの従者として雇った。それがレイラだ。

ルシウスはリオノーラを自分の右腕となるよう教育した。リオノーラには婿を取らせるつもりだったが、領の運営自体は彼女に任せようと考えたのだ。リオノーラもそれには同意していた。

しかし、年頃になったリオノーラは、社交界に出て婿探しをしようとはしなかった。王城での行事には参列したが、それだけだ。男女の出会いの場に、リオノーラは出たがらなかった。

年頃の娘は親の目から見ても、お世辞にも美しいとは言い難く、平凡の域からは脱していない。リオノーラも「私は美しくないのに、男の人達にお世辞を言わせるのは申し訳ない」と言い、自領に籠もりっぱなしだった。

そんな娘のもとに足繁く通う者がいた。アレスである。

士官学校時代からの友人アーガスの息子で、アーガスが南方地域の部族の長だったレイラの母親に産ませた子だ。目を見張るほど美しい男子で、ただ佇《たたず》んでいるだけでも一枚の絵画のようだった。どの男に対しても、口元にだけ無理に笑みを浮かべているリオノーラだったが、唯一アレスに対しては違った。大きな空色の瞳を輝かせ、彼の顔をうっとりと見上げていた。

リオノーラとアレス、この二人が並ぶ姿にルシウスは既視感を覚えた。メリルと、ラインハルトである。

リオノーラとアレスも彼らと同じく幼馴染《おさななじみ》だった。そして歳の差も二歳と、恋愛関係になってもおかしくない年齢差。二人が並んでいる姿はお世辞にも似合いとは言いがたかったが、傍目から見ても互いに少なくない好意を抱いているのは明白だった。

アレスの姿がラインハルトと重なって見え、ルシウスはしばしばティンエルジュの屋敷にやってくるアレスによく言いがかりをつけた。厄介な父親がいる家を敬遠するように仕向けたのだ。

しかし、アレスはめげない。

『リオノーラは醜い。お前のような美男がなんの思惑もなしに娘を見初めることなどあり得ないだろう』

ルシウスも、さすがにリオノーラのことを本気で醜いとは思っていない。アレスの本音を聞くためにあえて言った。すると、普段は押し黙って俯《うつむ》いているアレスが反論した。

『リオノーラを醜いなどと言わないでください！　俺は彼女ほど愛らしいものを見たことがない』と。

いつもは口の重い青年が、リオノーラのことになると雄弁になる。この青年が娘を本気で想っていることはルシウスにも分かっていた。大貴族家の婿の座目的でも、成り上がるための後ろ盾目的でもない。アレスはリオノーラ自身を欲しがっていると、ルシウスは分かっていたのだ。

次いで、リオノーラとメリルの姿が重なる。メリルは金と地位のある自分に嫁いたが、不幸になった。すべてを捨てて、ラインハルト恋しさに後宮に入った。

リオノーラを、無理に彼女の意に沿わぬ相手に娶《めと》らせれば、またあの不幸が繰り返されるかもしれない。アレスもまた、王のお気に入りである。リオノーラが家を飛び出して後宮入りすれば、その相手がアレスになる可能性は高い。

そうやってルシウスがリオノーラの結婚相手をどうするか悩んでいるうちに、西の帝国との戦争が始まった。出征したアレスがいっそ戦死してくれればいいとさえルシウスは思ったが、アレスは死ぬどころか怪我ひとつ負わず、山ほどの勲章を胸にぶら下げて帰ってきた。

諜報と暗殺を担う特務師団に所属するアレスは、ラインハルトの指揮のもと、敵将校らがいる夜間の大兵営に大胆にも忍び込み、将校らの首を次々に刎《は》ねたという。多くの指揮官を失った大本営は平原戦でも統制を失い、西の帝国は敗戦した。

その後、その当時アレスが部隊長として率いていた暗殺部隊は、西の帝国の王城へ侵入して西の王を捕らえ、王族の生き残りの亡命先を吐かせたのち、王をその場で処刑した。王の介錯《かいしゃく》を務めたのも、王族の生き残りを追って始末したのも、すべてアレスだったという。

いくら戦神の薬という体力増強剤を使っていたとはいえ、人並み外れすぎたアレスの武功に宗国の王女達は皆恐怖し、彼への降嫁を拒否した。ものには限度があるのだ。

宗王がアレスの願う通りリオノーラとの結婚をあっさり認めたのも、宗王がアレスのことを気に入っていたこともあるが、彼の人並み外れすぎた戦果を恐れたのもあるだろう。何か彼に報いねば、逆にこの国が報復に遭うのではないかと。

アレスが立てた前人未到の武功は、当時ティンエルジュ領でも話題になった。領民達は恐れていた。武力でティンエルジュ家の婿の座を勝ち取った男が、将来自分達の領主になるかもしれない。圧政が敷かれるのではないかと考えたのだろう。リオノーラとアレスの結婚が決まったとの報が宗国全土に流れたその年、ティンエルジュ領の人口流出数は過去五十年間で最大となった。

王と言ってもルシウスの従兄弟《いとこ》だ、多少気安い関係である。ルシウスは王に、リオノーラとアレスの結婚を認める発言を撤回してくれないかと頼んだが……それは受け入れられなかった。

ルシウスは娘の結婚が拒否できぬ以上、せめて被害を最小限にしなければならないと考えた。領民に恐れられる領主などあり得ない。そもそものアレスはおとなしい青年で、口が重い。性格的にも領主は務まらないのだ。それに、アレスを次期領主に指名すれば、デリング家に恨みを持つ南方移民が暴動を起こすかもしれない。このままでは領の運営自体が立ち行かなくなる。

ルシウスはアレスを呼び出し、結婚に関する契約書にサインさせた。アレスにとっては不利になるような条件ばかりで、彼はもちろんサインをすることに難色を示したが、ルシウスはサインをしなければ娘には二度と会わせないと言い、無理やり受け入れさせた。

そして結婚したのちも、ルシウスは娘夫婦の同居を許さなかった。宗国では、二年間白い結婚が続けば、いかなる婚姻でも離縁できる。それが王命であってもだ。リオノーラが清らかなままならば、二年後に他の男と再婚できると考えたのだ。

そしてリオノーラとアレスが結婚してから一年九ヶ月が経つ頃、リオノーラはティンエルジュの屋敷から出ていった。

リオノーラは無自覚だっただろうが、彼女がアレスを想っていることは分かっていた。

離縁成立の時まであと少し。ルシウスは少しの間ぐらいは娘の好きなようにさせようと思った。

それに、リオノーラとアレスが同居したところで、二人の間には何も起こらないと高を括っていたのもある。

それどころか、二人きりで同居すればリオノーラとアレスは喧嘩別れするだろうとまで考えていたのだ。ルシウスは二人の相性は悪いと思っている。リオノーラは大雑把な大食らい、アレスは繊細な性根の持ち主。上手くいくはずがない——と。

第六章　檻の中で乞う

ティンエルジュ家の節制部屋では、今まさにリオノーラがアレスに食われようとしていた。

リオノーラは、見張りの者に痴態を見せるわけにはいかないと、抵抗しようとしたのだが……腕に力が入らない。アレスに握られた手首が微動だにしない。あのナッツケーキに何か仕込まれていたのかもしれない。

フリルに縁どられた胸元からドレスの中に手を入れられて、パフスリーブの袖を下ろされる。剥き出しになった首筋に唇を押し当てられ、リオノーラは「ひっ」と声をあげた。外気に晒された肌はひんやりするのに、唇の触れているところは妙に熱い。耳の下から肩にかけて、唇で撫でるようになぞられたリオノーラは、肌がぞわりと粟立つのを感じた。アレスの癖のない黒髪が肌に当たるたび、びくりと背を震わせる。

(なんで……！　どうして？)

どうして今、自分は襲われようとしているのか。人が来るかもしれない場所で致そうとするなど普通ではないと思うのに、リオノーラはアレスを拒否することができなかった。

肩の皮膚に吸いつかれながら、腕や背中を触れるか触れないかぐらいの力加減でやんわり撫でられると、抵抗する気力がしぼんでしまう。

「アレス、さま」

「……嫌ですか？」

リオノーラが名を呼ぶとアレスは彼女を撫でるのをやめ、顎に指をかけてぐっと上向かせた。深い緑色の双眼に射貫《いぬ》かれたリオノーラは、睫毛《まつげ》を震わせながら首を横に振る。嫌ではない。でも、自分がなぜここでこんなことをされているのか、理由が知りたい。

「あなたと離れていて、辛かった。今すぐあなたが欲しい」

「で、でも、今は……人が来るかもしれませんし……」

「その心配はありませんよ。私設兵の人達には理由を伝えましたから。今、この部屋に近寄る者はいません」

人払いをしたと言われても、明るいうちからそういうことをするのは抵抗がある。しかもここは自分の部屋ではなく、節制部屋だ。私設兵は来なくても、父が様子を見に来るかもしれないのだ。

顔を近づけられたリオノーラは、しかし避けることなくその唇を受け入れた。

はじめは感触を確かめるようにごく軽く触れるだけだったそれは、少しずつ深いものになった。唇の輪郭を舌先でなぞられると、下腹にぐっと力が入る。リオノーラはおずおずと口を開き、彼の舌の侵入を許した。ぴちゃぴちゃと水音を立てて舌と舌とを絡ませ合う。次第に気持ちが良くなってきて、リオノーラは肩から完全に力を抜いた。

口づけを交わしている最中にも、ドレスの上部を腰のあたりまで下ろされて、胸の膨らみに触れられる。丸い輪郭を確かめるようなアレスの指先の動きに、もっとしっかり触って揉《も》んでほしいと思うたびに、脚の間のその奥が切なくなる。

いつの間に自分はこんなにもいやらしくなったのか。リオノーラは羞恥に頬を染めた。

リオノーラが今着ているドレスは、社交の場で着るものほどがちがちに腰回りを固められたものではないが、脱がせ方を知らないと下半身を脱がすのは少々厳しい。

「この紐をここから引っ張るんですよ」

「なるほど」

アレスにドレスの脱がせ方を教えながら、リオノーラは心の中で小さく笑う。性欲に突き動かされて今からまぐわおうとしているのに、このやりとりが妙に冷静だったからだ。

やがて腰回りが緩まり、ドレスを膨らませていた、フリルが幾重にも重なった白いパニエが下にぱさりと落ちる。アレスは床に落ちたそれらを拾い上げると、近くにあったクローゼットに皺《しわ》にならないよう律儀に片づけた。

リオノーラはガーターベルトやストッキングをつけていなかった。パニエも骨が入っていない布製の軽いものだ。

生まれたままの姿になったリオノーラは、檻の中にあるベッドの上に横たわる。あのナッツケーキには、やはり何か仕込まれていたのだろうか。身体が重くて仕方がない。まだ口の中にはケーキの甘さが残っている。

ぎしりと音を立て、黒革のブーツを脱いだアレスもベッドの上に膝を乗せる。リオノーラの顔の横に肘をつくと、彼はまたリオノーラへ口づけを落とした。まだし足りないと言わんばかりに、唇を食《は》み、角度を変え、歯列に舌をぐるりと這わせられる。

「んっ……ん」

空いたほうの手で、胸の膨らみを握り込まれた。大きな手のひらで胸を覆われ、尖りを潰される。痛くはないが、先ほどとは違う触れ方に官能を刺激されたリオノーラは腰を揺らした。口内を舐《な》め回されながら、硬く勃ち上がった尖りを指先で弄《もてあそ》ばれる。リオノーラはたまらず腰を上げた。

「いっああっ……！」

アレスは顔を上げ、満足そうに口の端を吊り上げると、絶頂を迎えて肩で息をするリオノーラの脚を広げさせた。

アレスがリオノーラの脚の間に顔を埋める。彼が何をしようとしているのか、リオノーラには分かっていた。

アレスは彼女の一番敏感なところを舐《な》めようとしているのだろう。

「んんっ、いや……」

いやと言いつつも、じっとり陰核を舐《な》められることを期待したのだが、アレスはすぐにそこから口を離してしまった。今度はリオノーラの太腿の内側にかぶりつく。彼はいつも執拗に、リオノーラの白い内腿に紅い痕を点々と残すのだ。

アレスはリオノーラのむっちりした脚も、小さな足先も、桜貝のような爪が並んだ足の指も好んでいるようで、よく口に含んでいる。そうして触れて舐《な》めて噛むうちに、アレスの息が上がってきた。

「アレス様も、脱いでください」

リオノーラはアレスが騎士服を脱ぐのを手伝いたいと思ったが、できなかった。身体はすっかり脱力しており、起き上がる気力が出ない。

アレスはすでに外套は脱いでいたが、リオノーラに裸になるように言われ、黙って灰色の騎士服に手をかけた。胸につけている金の鎖を取り、一番上の留め具だけを外していた詰襟の内ボタンを下まで外す。式典以外の通常業務で着る騎士服は、実用性重視でシンプルなデザインだ。シンプルゆえにスタイルの良し悪しがはっきり出てしまう。細身で長身のアレスは完璧に着こなしていた。

リオノーラはアレスが脱いでいる姿を、ベッドに横たわったままぼうっと見上げる。

均整の取れた、美しい身体だと思った。服を着ていると文官だと言われても信じてしまうぐらい細く見えるが、脱ぐと鍛え上げられた筋肉が露《あら》わになる。特に肩周りや二の腕は大きく盛り上がっている。アレスは有給休暇中も毎日のように訓練場へ出向き、剣を振るっていたらしい。

リオノーラはアレスの背中や肩を触るのが好きだった。見た目はごつごつしているのに、触れると弾力があり、すべすべしている。彼の肌の感触を思い出すと、また彼女の脚の間が湿り気を帯びた。

「……ナッツケーキの中に、何か入っていたんですか？」

「何か？」

「身体が重いのに、良い気分なんです」

「どうですかね……」

裸になったアレスは、曖昧に笑ってリオノーラの問いかけをはぐらかす。彼はまた、ぎしりと音を立ててベッドに上がると、シーツの上に手をついてリオノーラに触れるだけの口づけをした。

アレスの手が、リオノーラの脚の間へ向かう。

「あっ、あ、そこ、駄目です……！」

指を挿《い》れられたのだろう、膣に感じる久しぶりの異物感にリオノーラは思わず声をあげてしまう。

「いやっ、いや」

リオノーラの脚がぶるりと震え、爪先に力が入る。あともう少しで絶頂を迎えられる――そう思った時、指がいきなり引き抜かれてしまった。

あともう少しだったのにと、リオノーラはアレスを恨めしげに見上げる。しかしアレスは宥《なだ》めるようにリオノーラの頬に触れた後、彼女の脚を抱えた。

「いいですか？」

アレスの問いかけに、リオノーラは大きな目に涙を浮かべて頷《うなず》いた。

「うっ、ううっ」

秘裂の奥、肉壁をかき分け、自分の中にずるずると侵入してくる力強い存在に、リオノーラは呻《うめ》き声を漏らす。約半月ぶりの交合だからか、リオノーラはいつもよりも敏感になっていた。

一物を挿《い》れられている下腹が熱い。異物感と圧迫感に、彼女は縋《すが》るようにアレスの背に腕を回すと、すべらかな肌にぐっと指を突き立てた。

「痛いですか？　辛いですか？」

やめてほしくなくて、リオノーラは首を横に振る。すると、ずるりと膣壁に擦れる感覚があった。

さらに奥まで侵入しようとするそれに、リオノーラは慌てて腰を引こうとする。

「あっ、あぅっ、駄目……！　深い……っ」

リオノーラは、最奥を穿《うが》たれることを恐れた。しかし、アレスはそれを許さない。逃げようとする彼女の腰を掴み、引き寄せる。

「リオノーラは奥が好きでしたね」

「奥、擦っちゃだめです……！」

リオノーラは最奥を擦られると、いつも叫ぶほどの絶頂を迎えていた。私設兵らに、自分が快楽に喘ぐ声を聞かせたくない。彼女はなけなしの理性を総動員して、アレスの胸板を手で押した。

「仕方ありませんね……」

上半身を起こしたアレスに、リオノーラはほっと息をつく。そして、ゆるやかな抽送が始まった。

いつもこうだといいなとリオノーラは思う。彼女は下腹にアレスの熱を感じるだけで充分満足していた。無理やり絶頂させられるのは好きではない。絶頂は気持ちが良いが、疲れるし、何より叫ぶのは恥ずかしいからだ。

「アレス様……」

「なんですか？　まだ辛いですか？」

「ううん、あなたが好きです……」

下になったリオノーラは、アレスを見上げて柔らかく微笑む。アレスは一瞬目を見開くも、すぐに細めた。そしていきなり、脈絡もなく言う。

――「父が死にました」と。

アレスの発言に、リオノーラはひゅっと息を呑んだ。

昨日からだろうか。屋敷の空気が物々しくなったと、節制部屋に入れられている彼女も感じていた。急にアレスが屋敷まで訪ねてきたのも、アーガスが亡くなったからなのか。

こんなことをしている場合ではないと、リオノーラは起き上がろうとするが、アレスは彼女の肩をぐっと掴んだ。

「いつ、いつですか」

「具体的にいつかは分かりませんが、この数日中であることは確かです」

「こんなことをしている場合では……」

アレスの兄二人は現在入院中で、デリング家の当主であるアーガスも亡くなった。アレスの今後はどうなるのだろうか。

(アレス様が、デリング家を継ぐつもりなら……)

自分とは離縁し、別の女性を妻に迎えるのだろうか。現在の宗国の貴族制度では、二つの家を掛け持ちして継ぐことはできない。アレスがもしもデリング家の当主の座に就くつもりならば、リオノーラとの離縁は必須だ。

離縁の単語が頭をよぎり、リオノーラは別の可能性も同時に頭に浮かべた。

リオノーラがティンエルジュ家を出れば、このままアレスと夫婦関係を続けられる。

しかしこの選択は、彼女には残酷すぎた。リオノーラは自分が育ったこの地を、民を、強く想っている。だからこそ、王都へ行ってからも決裁書類と毎日のように闘い続けたのだ。

「アレス様……」

「リオノーラ、先ほど俺のことが好きだと仰ってくださいましたね？」

「はい……」

「お願いです。俺を選んでくれませんか？」

「うっ、はぁっ……」

アレスは、リオノーラの中に埋めたままの自身で、彼女のそこを再び穿《うが》ち始めた。感じるところばかり擦り上げられ、リオノーラは甘い吐息を漏らす。

アレスはリオノーラの膝裏を掴み、あわいを上向かせると、一物を潤《うる》む入り口へと深く挿入した。

結合部からはぐちゅりと体液が漏れ出す。アレス自身の体重も乗せて最奥を貫かれたリオノーラは悲鳴をあげた。

「あああっっ！」

「リオノーラ、俺を選べばあなたに苦労はさせません。俺には莫大な遺産が入ってくる。一生遊んで暮らせます。好きに食べて、好きなものを身につけて、なんでもあなたがやりたいことを自由にさせます。気候の良いところに別荘を買って、二人で過ごすのもいいですね」

喘ぐリオノーラとは反対に、アレスはひどく淡々としていた。

「あっ……、はっっ、あぁっっ……」

ベッドがぎしぎしと音を立てて揺れるたび、リオノーラの嬌声が檻の中に響く。

アレスはシーツを掴むリオノーラの手を取り、自分の指を絡ませる。

「あっあっ、あぁぁぁ――!!」

リオノーラはとうとう快楽の高みへと昇ってしまう。背をのけぞらせ、全身を震わせる。こんな状態では、冷静な判断などできない。彼女の中で、今、自分に快楽を与えてくれた者の存在が一番になる。

「アレス様、私……わたし……あなたに……」

「あなたですよ」

「え?」

「あなたが俺を誑かして、求婚させたんだ」

リオノーラは、アレスについていく決断をしようとしていた。しかしアレスはリオノーラの言葉を遮り、苛立たしげに彼女の腰を再び掴んだ。

(私がこの人を誑かして、求婚させた……?)

リオノーラはぱちぱちと瞬《まばた》きする。ふと、彼女はマルク王子が言っていたことを思い出した。彼も、リオノーラがアレスを誑かしたのだと言っていた。

身に覚えがないが、アレスは確かに恋仲でなかったリオノーラに求婚したし、なんなら彼女が断れないように、王に結婚を願い出た。アレスがリオノーラとどうしても結婚したいと思った誑かしエピソードのひとつや二つあってもおかしくはないのかもしれない。

「えっ、えっと」

「リオノーラ、あなたはいつも季節ごとに俺に衣服を贈ってくれましたね」

「ええ……」

「採寸が終わるたびに、俺の背中に抱きつきましたね？」

「まあ……」

「しかもすごく良い笑顔で」

「……」

子どもの頃は細くて小さかったアレスも、騎士の叙任を受ける頃には、ぐんと背が伸びていた。アレスのためにリオノーラ自ら採寸をし、服を縫っていたのだが、彼女はよくふざけて彼に抱きついた。二人の間には身長差があるので採寸時はリオノーラが踏み台に乗るのだが、そうするとアレスを見下ろせるのが嬉しくて、じゃれていたのだ。

「あなたにとってはなんてことない日常のひと幕だったのでしょうけれど、俺はまんまと誑かされましたよ……。『リオノーラは俺のことが好きなんだ』と勘違いしました」

「い、いやまあ、好きでしたよ。その当時も……」

「その『好き』も俺ほど本気ではないでしょう。分かっています。あなたは息を吐くように好き好き言いますから」

「うっ、あぁっ……」

妄執に満ち満ちたことを言いながら秘部を貫くのはやめてほしいと、リオノーラは思う。一物で肉壁の中を強く穿《うが》たれて彼女は喘いだ。

「あんなに俺に親しげに好きと言ってくれていたのに、いざ求婚したらあなたはショックを受けていた。二年前、あなたはどうして勝手に王に結婚を願い出たのか、信じられないと怒って泣いていましたけど、俺からしてみればあなたの態度のほうがあり得なかったです。突然の求婚を喜んでくれるとまでは思わなかったですけど、あそこまで責められるとは思わなかった！」

「あ、アレスさまっ……！　あっ、あぁぁっ」

陰核に響くように中を穿《うが》たれ、リオノーラはアレスの腕を掴む。彼は父親が急に亡くなって混乱しているのだろう。なんとか落ち着いてもらわねば。

「ね、アレス様、落ち着いて？」

「俺は落ち着いています」

「そ、そうですか……」

「あなたは、あんなに俺に気を持たせるようなことを言ったりやったりしていたのに、結婚式でも泣いてばかり。俺のほうが騙された気分でした」

「ひゃっ、はぁっ」

言葉で責められているのに、下腹の奥が気持ち良すぎて尻も太腿も震えている。さすがにこの場で絶頂を迎えるのは駄目だろうと、リオノーラは必死で堪えた。

しかし、アレスの腰の動きはだんだん情け容赦ないものになっていく。指の痕が残りそうなほど、彼はリオノーラの腰を強く掴み、剛直を突き立てた。肌と肌とが打ちつけ合う乾いた音が、昼間の檻の中に響く。

やがて、アレスは果てた。

「うっ……」

どくどくと注がれる欲の塊。

アレスが肩で息をしながら、下になったリオノーラの顔についた髪を払う。そして、彼は呪いのように言葉を吐いた。

「俺を誑かした責任を取ってください、リオノーラ……」

かつて、リオノーラは良かれと思ってアレスに親しく接していた。彼女には妙な自信があった。自分がどれだけ好きだと言おうが、抱きつこうが、笑顔を振り撒こうが、アレスは自分のことをなんとも思わないと確信していたのだ。

しかし、アレスはリオノーラを女性として意識してしまった。

胎に精を注がれながら、リオノーラは今更ながら自分の迂闊《うかつ》さに焦っていた。リオノーラなりにアレスのことを昔から想ってきた。でも、結婚前は幼馴染《おさななじみ》としての情を抱いていただけで、アレスを男性として見ていたかと聞かれれば、即答はできない。彼女が自分の内にある感情にはっきり気がついたのは、王都でアレスと共に暮らすようになってからだ。

「アレス様……」

秘部から、ずるりと一物が引き抜かれる。それまで感じていた圧迫感がなくなり、行為がここで終わってしまうと思うと、リオノーラは寂しく思った。

ふとアレスの顔を見上げると、汗で濡れた前髪の奥で、彼の深緑の瞳が揺れていた。

思わず見惚れるほど整った顔立ち。無駄なものが一切ない、鍛え上げられた身体。社会的地位もあり、今後も輝かしい未来が約束されている将来有望な、どこからどう見ても美しい若者が、自分に愛を乞うている。

「どうしようもなく、あなたに惚れています。諦めるという選択肢すら、考えたくないぐらい……リオノーラが欲しい」

まさに捨て身で、結婚後、初めて愛の言葉を伝えられた。

リオノーラは震える下唇をきゅっと噛む。自分はなんと軽率なことばかり彼にしてきたのか。これだけ真剣に自分のことを想ってくれた人に対し、不誠実なことばかりしていた。馬鹿のひとつ覚えで、気軽に好き好き言っていた自分は本当に愚かだと思う。

愚かだと思うのに、胸にじんわり広がる温かなものに涙が出そうになる。惚れていると言われ、嬉しすぎて、色々な感情が限界突破したリオノーラは固まってしまった。

なんと謝ればいいのか。今、彼に何を伝えればいいのか。迷い、戸惑い、リオノーラが目を伏せた時、にわかに部屋の外が騒がしくなった。

バンッと大きな音を立て、節制部屋の扉が開かれる。そこにいたのは、息を荒らげたリオノーラの父、ルシウスだった。

二人は急いでぐしゃぐしゃになっていたシーツや布団で身体を隠したが、二人は明らかに裸であり、締め切った室内には情交の臭気がこもっている。今まさに性交していたのは一目瞭然だ。

「ティンエルジュ侯……」

情交の跡を父親に見られてしまい、リオノーラは恥ずかしさのあまり顔を真っ赤にして口をぱくぱくさせるが、父親の名を呼んだアレスは冷静だった。

◆◇◆

アレスがこの場でリオノーラを抱いたのはわざとである。彼女の父親に自分達の関係を見せつけるためにやったのだ。私設兵に決して安くはない額の金を握らせ、良い頃合いでルシウスを呼ぶよう、仕向けていた。

アレスは部屋に駆けつけたルシウスを睨《にら》みつける。これは彼なりの、宣戦布告だった。絶対にリオノーラを自分のものにしてみせる。そのような決意がアレスの瞳には宿っていた。

「お、お父様」

「……二人とも、着替えたらエントランスへ来なさい」

ルシウスは落ち着いた声でそう言った。怒りや悲しみという感情を伴っていたり、それらを覆い隠すような声色ではない。ごく落ち着いた口調だった。

そしてルシウスは二人に背を向け、こう言った。

「リオノーラ、母さんが亡くなったよ」と。

ルシウスはそう娘に告げると、部屋を出ていった。扉がぱたりと閉められ、また部屋の中はリオノーラとアレスの二人きりになる。

「お母様が……」

「リオノーラ、とりあえず湯殿で身体を洗って着替えましょう」

強いショックを受けたのだろう。リオノーラは立ち上がることができないようだった。仕方なくアレスはシーツを腰に巻くと、奥にある湯殿へ行き、風呂の準備をした。私設兵の話によるとここは貴人用の牢獄で、隣接する空間には近場の源泉の湯を引いた湯殿があった。

アレスは鼻を啜《すす》っているリオノーラの手を引き、色々な体液で汚れた彼女の身体をシャワーで丁寧に洗い流し、猫足がついた浴槽へ入るよう促した。髪が湯に浸ってしまわないよう、紐で軽くまとめる。

「おっ、お母様にお会いした、かったのにっ……！」

湯の中に入り、ほっとしたのだろう。リオノーラはしゃくりあげながら泣き出した。アレスは浴槽の隣で自分の身体を黙って洗っている。

アレスの脳裏に、リオノーラの母親メリルの姿が浮かんだ。マルク王子絡みで何度かメリルと顔を合わせ、言葉を交わしたことさえある。

アレスの中の、メリルの印象は最悪の部類だ。

二年以上も前、マルク王子にリオノーラとの結婚が決まったことを報告した時。マルク王子はとても喜んでいたが、その後ろに控えていたメリルは「気に入らない」と言わんばかりの顰《しか》めっ面で、案の定、アレスはメリルから嫌味を言われた。アレスは自分の生まれを馬鹿にされた程度では怒らないが、リオノーラを悪く言われるのはどうしても我慢ならなかった。なぜリオノーラの両親は娘の外見に対する評価がああも低く厳しいのか納得がいかない。

自分がリオノーラの親ならば、毎日可愛いと言って育てるのにと、アレスはまた彼女に対する想いをこじらせていた。

「リオノーラ、もう湯から出ましょうか」

「ぐすっ、アレス様は湯に入らなくて大丈夫ですか……？」

「熱い湯は苦手なので」

リオノーラの濡れた髪をタオルで拭う。真っ赤に色づく身体についた水滴もアレスが拭いた。

どこか手慣れた彼の動作に、リオノーラが首を傾《かし》げる。

「慣れていらっしゃいますね？」

「……まあ、士官学校の講習でありますしね。貴人を風呂に入れる作法は覚えさせられました」

「そんな講習があるんですか」

「リオノーラ、風邪をひきますから早く服を着てください」

「そ、そうですね！　早く、エントランスへ行かなくちゃ」

二人は慌ただしく身支度を整えた。

二人がエントランスへ行くと、そこには灰色の制服を着た人間が大勢いた。

「アレス！」

銀髪に丸メガネをかけた人物がアレスに近づく。リオノーラの次の婿候補だったブラッドを捕らえた時に関わった、監査部のウエンスだ。

「大変だったな」

ウエンスは痛ましそうに眉尻を下げた。他の者に会話が聞こえないよう、アレスとウエンスはエントランスの隅へ移動する。

「行方不明になっていたロラ・アーガットの件だが、話しても構わないだろうか？」

「居所が分かったのか？」

アレスの問いに、ウエンスは神妙な面持ちで頷《うなず》いた。

「すでに身柄は確保している。抵抗されることを想定し、武装して追ったのだが、ロラはおとなしく捕まったようだ。今は王都で取り調べを受けているはずだ。監査部の伝令では、デリング子爵殺害をおおむね認めているらしい」

「……そうか」

「……王立騎士団の人間が、依頼主である貴族を殺《あや》めた。デリング子爵は王家お抱えの薬師《くすし》で、多方面で顔が利く方だった。デリング家の奥方様の出方次第ではあるが、大きな軍法裁判になると思う」

「ウエンスにも色々迷惑をかけるな、すまない」

ブラッドの件といい、ウエンスには迷惑をかけっぱなしだ。申し訳なくなったアレスが頭を垂れると、ウエンスはこう言った。

「……いいさ、アレスは同卒生だ。気にするな。この度の件、お悔やみ申し上げる」

ウエンスはメガネの蔓《つる》を指で摘んで引き上げると、別の者に呼ばれて去っていった。

彼は騎士の風紀を取り締まるという仕事柄、発言が厳しく、それゆえに冷徹な人間だと思われがちだが、友人想いな面もある。顔を合わせると世間話をする間柄であるアレスの、その父親が亡くなり、彼は複雑な想いを抱いているのだろう。口調はいつもより柔らかかった。

エントランスの中央に戻り、父アーガスの遺体が納められた棺を荷馬車へ積む。頭の部分を喪主が持つのがこの国の慣わしだった。ウエンスが持ってきた黒い外套を身に纏ったアレスが、棺の頭のほうを支える。

アレスは奇妙な感覚を覚えていた。庶子である自分が、まさか喪主となって父を弔《とむら》うとは今まで思ってもみなかったからだ。

アレスも王都へ向かう馬車の護衛に加わろうとしたのだが、ウエンスから「馬車の警護は近衛師団と監査部が行う。君は奥様の傍にいてやれ。奥様のお母上も亡くなったのだろう？」と言われ、その言葉に甘えることにした。

先に馬車に乗り込んでいた黒い喪服姿のリオノーラの隣に座る。震えるリオノーラの手を握ろうとしたのだが。

「うちの娘に穢《けが》れた手で触るんじゃない。二人とももっと離れて座りなさい」

向かい側には、怒り顔のルシウスがいた。

あのタイミングでルシウスが部屋に来たのはアレス自身が仕組んだこととはいえ、馬車の中に気まずい空気が流れる。アレスとリオノーラは、無言で俯《うつむ》くばかりだった。

「……二人はいつからあんなことをする間柄になったんだ」

ルシウスはまるで、結婚前の十代の男女が親に隠れて火遊びをしていたのを咎《とが》めるような口調で言うが、アレスとリオノーラは歴とした夫婦であり、しかも結婚してから一年と十一ヶ月が経とうとしている。性交をしていて当たり前の間柄で、むしろ何もないほうがまずいだろう。二人の間にはまだ子どもがいないのだから、積極的に励んで然るべきだ。

リオノーラがおずおずと口を開く。

「同居を始めて、一週間ぐらいの頃から……」

「はぁ⁉　同居を始めてたった一週間で……⁉　お、お前が無理やり迫ったのか、アレス！」

「いえ、最初はリオノーラから誘われました」

リオノーラは顔を真っ赤にして震えているが、アレスは義父の問いにしれっと答える。どうせ怒られることは確定しているので、開き直ることにしたのだ。

「なんだと……⁉」

「ぎゃあああっ！」

リオノーラが頭から湯気を出し、叫びながら立ち上がろうとしたが、ここは馬車の中だ。

中腰になったリオノーラは、涼しい顔をしているアレスに激怒する。

「なんでそんなこと、お父様に言っちゃうんですか！」

「真実です」

アレスは淡々と言い放つ。

「ほ、ほっ！　本当のことでも恥ずかしいです！」

「リオノーラっ！　お前……！　恥を知れ！」

「だってレイラが……！　もうっ！　レイラはどこなの!?」

叫ぶリオノーラに、アレスが答えた。

「……レイラさんはロラを追っていきました」

「ロラさんを？　どうして……」

「うちの父を殺したのが、ロラ・アーガットだからです」

「えっ……」

リオノーラの顔色がさっと青ざめていく。三人を乗せ、馬車は王都へと向かった。


しかし、馬車の旅路は順調にはいかなかった。

リオノーラ達が乗っている馬車がいきなり停まった。外からは何やら言い争うような声が聞こえてくる。

アレスは横に置いていた剣を、腰に下げる。

「俺が見てきます」

「あ、危ないですよ！」

リオノーラがアレスの黒い外套の裾を掴み、ぎゅっと引っ張った。眉尻を下げるその顔に向けて、アレスは口元にだけ小さな笑みを浮かべる。

「……この国で一番、人を殺しているのはこの俺です。俺より危険な存在はいませんから、問題ありませんよ」

「一理あるな」

ルシウスは彼らの向かいで余計なことを言いながら、深く頷《うなず》いた。

「野盗など、お前の敵ではないだろう。さっさと片付けてこい」

アレスはムッとしながらルシウスの言葉を無視し、慎重に馬車の扉を開ける。馬車の前方では、武装した男達と王立騎士団の面々が小競り合いをしていた。

「アーガス・デリングの首を渡してもらおう」

「姫様を返せ！」

「ロラ様を解放しろ！」

どうやら南方地域にも、ロラがアーガスを殺害したという報が早くも伝わっているようだ。彼らはロラやレイラが育った集落の剣士だろう。頬に紅い戦化粧を施した上半身裸の筋骨隆々の男達は各々に天に両刃剣を突き上げ、アーガスの首とロラの解放を要求し叫んでいる。ロラは現族長の娘だ。集落では姫と呼ばれているのだろう。

現れた剣士達の、その誰もが熊を思わせるような大男とあり、対峙している近衛師団の騎士達の顔色は真っ青になっている。近衛師団の騎士は王城や王都内の警護を担当しており、戦闘経験の乏しい者も少なくないのだ。

（面倒なことになったな……）

アレスは心の中でため息をつく。ここで自分が出ていけばさらに話はこじれるかもしれないが、近衛師団の騎士や監査部の人間達を放ってはおけない。それに、馬車にいるリオノーラにも危害が及ぶかもしれない。

「父の首は渡せません」

アレスは黒い外套を翻《ひるがえ》し、ブーツの底で砂利を踏みしめながら、剣士の男達と近衛師団の騎士との間に割って入る。

「父……お前があのアレス・デリングか！」

「アレスだと……！」

「『宗国の猟犬』……!?」

剣士達の間に、明らかな動揺が走る。南方地域にもアレスの武勇は轟《とどろ》いているようだ。

先頭に立つ男も、アレスを前に半歩後ずさった。その額には汗がじわりと滲《にじ》んでいる。

「……アーガスは我々の土地を食い物にし、ロラ様をも誑かした。晒し首にさせてもらうぞ」

勝手にどうぞと言いたいところだが、義母や兄達の了解を得ず、勝手に父の遺体を引き渡すわけにはいかない。アレスはなけなしの責任感で剣士の男に言った。

「俺に剣で勝ったら、父の遺体を渡します」

「なんだと？」

「その代わり、俺が勝ったらおとなしく退いてくれませんか？」

「……面白い。おい、誰か！　このお嬢様の相手をしろ！」

「お嬢様」は南方地域の部族が宗国人を侮辱する際によく使う俗語だ。彼らは屈強な大男揃いで、比較的体格の良い宗国人が集まる王立騎士団の面々よりさらに頭ひとつ分近く大きい。アレスは半分は南方人の血を引いているが、彼もまた王立騎士団の平均身長程度だ。

剣技は身長が高ければ高いほど有利とされる。てっきりアレスは、剣士の皆が皆、自分と戦うと言い出すと思っていたのだが。

男達は気まずそうな顔で視線を逸らし、誰もアレスに挑もうとはしなかった。

「おい！　誰かおらぬのか！」

一番先頭の男が声を張り上げるが、皆一様に俯《うつむ》くばかり。

「……いやだって、アレス・デリングはやばいですよ」

「一人で一部隊を殲滅《せんめつ》させる化け物です！」

男達は「死にたくない」「子どもが生まれそうなんで」「親の介護が」ともごもご言い、じりじりと後ろへ下がっていく。

「……大袈裟な。噂に尾ひれがついただけで、俺なんか全然大したことないです。ほら、顔だって傷ひとつない。勲章だって父が大金を積んで買ったものです。……俺はお飾りの騎士だ」

アレスは両手のひらを彼らに向け、薄く笑うと、横にひらひらと振った。

（……戦う術のない者が正面に出てくることなど、本来はあり得ないがな）

王立騎士団に所属する騎士達は、貴族など裕福な家の子息も少なくない。実践経験がなくとも実家が金を出せば、騎士号を得ることも出世も可能である。だが、そんな称号だけの騎士が敵の目の前に出るなどあり得ない。事実、馬車の警備についていた騎士や一般兵達は全員後方に下がっていた。

今、アレスだけが、南方地域の剣士達と対峙している。

(俺一人でこいつらを倒すことなど容易い。……だが、リオノーラに血生臭い現場を見せたくはないな)

リオノーラは母親が死に、ひどく落ち込んでいる。なるべくなら彼女を残酷なものから遠ざけたい。

「ほらっ！　アレス・デリングもそう言っている！　誰かおらぬか！」

先頭の男が唾を飛ばしながら、「誰か！」「おらぬか！」としきりに叫ぶ。痺《しび》れを切らし、アレスはトントンと、先頭の男の背中を叩いた。男は「ひぃぃぃぃ！」と情けない叫び声をあげ、全身にぶわりと鳥肌を立てる。

アレスは自分よりも頭ひとつ分も大きな男を見上げ、口の端を吊り上げた。

「俺、あなたと剣を交えたいです」

「はっ、俺と剣を交えたいとな……。俺は集落でも最強の剣士だぞ？」

アレスはこの剣士達が喋《しゃべ》る、流暢な宗国王都の共通語に違和感を覚えた。

アーガスが買い占めた土地で、そこに住む人々の名を改めさせていたことは知っている。宗国風の名を名乗らせ、宗国の言葉を話させ、彼らがそれまで築いてきた歴史を捨てさせていたことを。

南方地域の剣士らがアーガスを恨むのは当然だと思うが、だからといってアーガスの遺体は渡せない。アーガスの遺体をどうするかは、デリング家の者が決めるべきだ。

「いいぞ、来い！」

脂汗をかきながら、先頭の男がアレスのほうを振り向いた。その時だった。

シュパッと風を切る音がした。アレスのやや長めの前髪が風になびく。彼の顔すれすれのところを、何かが勢い良く飛んでいった。

「うぐっ……！」

見ると、先頭の男の左肩に矢が刺さっている。誰かが弓矢を放ったのか。軌道から見るに、短弓を放ったのだろう。

警戒を強めたアレスの後方から、聞き慣れた声がした。

「その人に、手を出さないで！」

そこには、短弓を構えたリオノーラがいた。彼女が馬車に積んでいた護身用の武器で、矢を放ったのだ。彼女の隣には、馬車の中から身を乗り出し「リオノーラ！　やめなさい！　危ないから！」と叫ぶルシウスがいる。

護身用の武器と言っても、短弓は素人が易々と扱えるほど簡単な武器ではない。彼女は、ティンエルジュにいた頃は毎日のようにレイラから護身術の手解きを受けていたと言っていた。手解きというか、実践戦闘術を身につけさせられていたらしい。リオノーラは戦いの心得のある女だった。

「私は、アレス様と幸せな家庭を築くのだから……！」

「リオノーラ……」

短弓を構えたリオノーラが、じりじりとアレス達のほうへ近寄ってくる。

剣士の男達は、突如現れた宗国の令嬢に色めき立っていた。「リオノーラ様だ！」「リオノーラ様だぞ！」「お可愛い！」「本当に白くてちっちゃいんだな！」「もちもちふわふわだ！」「お目目大きい！」と大騒ぎだ。

（宗国女性は南方地域の男に人気だと聞いたことがあるが……本当だったのか）

宗国女性は小柄な人間が多く、性格も穏やかである。逆に南方女性は大柄で気の強い者が多い。

それはレイラやロラをみても明らかだ。

事実、南方地域は女性が強い土地柄だ。南方地域の男は子どもの頃から、尻に敷かれる父親の姿を見て育つので、「絶対に南方女ではなく、小さくて穏やかで、優しい宗国女性と結婚しよう」と心に決めるのだが、年頃になれば屈強な南方女に迫られ、無理やり婿にされるらしい。

端的に言えば、リオノーラは南方男達のアイドルだった。姿絵やブロマイドをこっそり持ち歩いている南方男も少なくないらしい。そんな南方男達の心のオアシスであるリオノーラは、アレスの前に立つと、バッと短い腕を広げた。

「この人を、アレス様を傷つけさせない！　殺《や》るんなら、まず私を殺《や》りなさい！」

「ううっ……！」

肩に矢を刺したまま、先頭の男が呻《うめ》き声を漏らす。

「うちの妻もこう言っているので、引き下がってもらえませんか？」

アレスは、自分の前でシャーシャーと威嚇しているリオノーラの肩をぽんと掴んだ。

「うるさい！　簡単に引き下がれるか！」

先頭の男はまだ抜刀していなかった。彼は腰に下げた剣帯に手をやると、太い柄をぐっと握り、鯉口を切った。

「うおおおっっ！」

先頭の男の雄叫びが、街道に響き渡った。

◆◇◆

「きゃあああぁ……!!　……あ、あっ？」

リオノーラは叫ぶが、その声は次の瞬間、ぱたりと止まる。自分達に振り下ろされるはずの刃が、なぜかなかなかったからだ。

そう、剣士の男が振り上げたそれは、なぜか柄だけになっており、刃がついてなかったのである。

リオノーラと同じくらい、男も混乱しているようだった。柄だけになってしまった剣と、鞘を交互に見比べている。その男の後ろにいる剣士達も目を丸くしていた。

「あなたが後ろの人達に声をかけている間に、剣に細工をさせてもらいました」

リオノーラの背後に立つアレスが涼しい顔をして、先頭の男の剣帯を指さす。

男の顔がみるみるうちに赤く染まった。

「お前っ、卑怯だぞ！」

「卑怯もクソもありませんよ。戦は生き残った者が勝ちですから」

「お前は騎士ではないのか！　アレス・デリング！　騎士の風上にも置けない！」

「叙任は受けておりますから、一応騎士です」

激怒する男と、しれっとのたまうアレスの顔を、リオノーラは忙《せわ》しなく交互に見上げる。

やがて、剣士の男達の後方からやってくる人物を見つけて、リオノーラは声をあげた。

「レイラ！」

「お前達、ここで何をしている！」

王都側からやってきた、馬上の女が叫ぶ。剣士の男達は、その声に皆が皆、跪《ひざまず》いた。

強い風が吹き、肩のあたりで切り揃えられた黒髪がなびく。馬上にいたのは、レイラであった。

「レイラ様……！」

「父は知っているのか？　武装してティンエルジュ家の馬車の行く手を阻《はば》むなど、国際問題になりかねん」

「し、しかし……！　我々の敵であるアーガスを討ってくださったロラ様が、王立騎士団に捕まっております！　ロラ様の解放と、代々土地を護ってきた先祖への手向けのため、アーガスの首が必要でございます！」

「黙れ!!　愚か者が!!」

先頭の男の言葉を、レイラは一蹴《いっしゅう》する。

「ロラは罪を犯した。私が、王立騎士団に妹を引き渡したのだ」

「なんと……！」

「相手が誰であれ、護衛対象を殺せば罪になる。お前達はさらに罪を重ねるつもりか。アーガスを晒し首にすれば、また宗国と戦争になりかねんぞ。宗国との戦争敗戦から三十年、やっと我々南方地域の民の人権が認められつつあるのに、お前達はすべてを無にするつもりか！」

約三十年前、宗国と南方地域との間に戦争が勃発した。南方地域では小競り合いのような部族間の争いが頻発しており、その隙を突かれて宗国に攻め入られたのだ。

南方地域は必死で抵抗したが、結果は敗戦。戦後、同時期に干ばつが起こったこともあり、南方地域の土地は荒れ果て、餓死者が続出した。その後貧困に喘ぐ部族を救うため、部族長だったレイラの母親が、土地と自身の身体を宗国貴族アーガスへ売ったのだ。

「あまつさえ、アレス殿に刃《やいば》を向けるとは何事だ。アレス殿が生まれたからこそ、我々は今、生きているのだぞ」

「レイラ様、しかし……」

「異論は許さん」

跪《ひざまず》く屈強な男達の間を、馬を下りたレイラが真っ直ぐリオノーラ達のほうへ歩いてくる。

そして、アレスとリオノーラの前まで来ると、彼女は恭《うやうや》しく腰を折った。

「我々の民がすまなかった。リオ、婿殿」

「ううん、いいのよ。私のほうこそごめんなさい。あなたの民を矢で射貫《いぬ》いてしまったわ……」

「まああれぐらい、かすり傷だろう」

レイラが負傷した男を見やる。男は肩に矢を刺したまま、沈痛な面持ちで俯《うつむ》いていた。

「また、余計なことを考えた者が馬車を襲いに来るかもしれない。私もお前達と共に王都へ行こう」

「いいの？　レイラ。南方地域へ行こうとしていたんじゃ……」

「ああ、平気だ」

レイラが剣士の男達へ南方語で二、三言何かを伝えると、彼らはすごすごと自分達の馬に乗り、去っていく。

「リオノーラ、急ぎましょうか」

「……はい」

彼らは再び馬車に乗り、王都へ向かった。


アーガスの柩《ひつぎ》は、王城敷地内にある教会へと運ばれた。アーガスは王家に仕える薬師《くすし》でもあった。王族ではないが、特別に王城敷地内で葬儀を行う許可が下りたのだ。

時刻は深夜近い。教会内にはいくつもの蝋燭《ろうそく》が灯されている。そこにはすでにもうひとつの柩《ひつぎ》が見張り付きで置かれていた。

リオノーラの母、メリルの柩《ひつぎ》である。

「お母様……」

柩《ひつぎ》の小窓を開け、リオノーラは約十五年ぶりに母の顔を見た。メリルは十六歳の時に、リオノーラを産んでいる。享年三十七歳。

死んでいるとは思えないほど、穏やかな顔だった。痩せているからか、実年齢の割には目の周りや口元に皺《しわ》がある。首には包帯が巻かれていた。

母は後宮でどのような生活を送っていたのだろうか。自分のことを思い出してくれることもあったのだろうか。たったひと言でもいい。何か言葉を交わしてみたかったと、リオノーラは目の奥を熱くする。

涙を浮かべる彼女に、近寄る人物がいた。アレスと同じ黒い外套を身に纏った男は、騎士の礼をする。

「リオノーラ様のことを、話していましたよ」

「ラインハルト様……」

「ふくふくとした、可愛い娘だったと。メリル様はリオノーラ様へ厳しく接したことを心から悔やんでいました」

（……きっとこれは嘘ね）

そう思いながら、静かにラインハルトの言葉に耳を傾ける。

リオノーラは母のことを覚えている。可愛がられた記憶はない。何かにつけ、頬をぶたれていた。大人になれば母とできる話もあるかもと思っていたが、嫌な思い出が増えずに済んで良かったとも思う。リオノーラの心境は複雑だった。

厳かな教会内に、カラカラと車輪の音が響く。その存在に気がついた者から、皆、次々に片膝をつく。約十五年ぶりにかつての妻の顔を目にしたルシウスも片膝をつき、頭を垂れた。

◆
◇
◆

アーチ型の巨大な扉の向こう側から、車輪付きの椅子でやってきた人物はこの国の王、マルドゥーク八世。宗王と呼ばれる人物だ。彼は近衛師団の師団長を伴って現れた。

王は車椅子を押す師団長に指示し、片膝をついて頭を垂れるアレスの前で止まった。灰色の詰襟に黒の外套を纏った、一枚の絵画のようなアレスの姿に、王は頬を赤らめている。

「アレス、此度《こたび》の件、大事であったな」

通常このような場であるならば、宗王は身分の高い者――つまりはティンエルジュ侯爵ルシウスから声をかけるべきなのだが、この宗王は良くも悪くも型破りな為政者であった。アレスの前で、眉尻を下げ、悲しげに頷《うなず》いている。

ルシウスは、贔屓《ひいき》にしている騎士相手にあからさまな態度を取る従兄弟《いとこ》に、心の中で舌打ちした。ティンエルジュ家は王家の傍流に当たる。ルシウスの母と王の母は実の姉妹だ。

後宮で元妻メリルが亡くなった。メリルの後宮入りを望んだのは他でもない、この宗王である。

宗王は王家の血を引く世継ぎを得るため、未婚・既婚関係なく、王家の傍流の女を後宮に集めていた。

（……メリルが産んだリオノーラは健康な娘だ）

王家やその傍流の家は近親婚を繰り返してきた。健康な子はルシウスの親の代でも生まれにくくなっており、ルシウス自身は八人兄弟であったが、成人まで育ったのは彼とそのすぐ下の妹のみ。貴重な瑕疵のない娘を産んだメリルが狙われたのは明白だ。

メリルは自分の意志で後宮入りしたのかもしれないが、それでも、結果的に宗王は妻を奪ったのだ。

アレスより先に何かひと言ぐらいあったってバチは当たらんだろうと、ルシウスは憤《いきどお》った。怒りのあまり、つい、言葉を挟んでしまう。

「陛下、お言葉ですが」

「お、ルシウス。おぬし、アレスとリオノーラの離縁を画策していると監査部のウエンスに聞いたが、本当か？」

ルシウスは宗王の言葉に、後方に控える銀髪眼鏡の青年を無言で睨《にら》んだ。彼も王のお気に入りの一人だった。ルシウスは額に汗を浮かべながら、王に申し開きをする。

「……二人は二年近く別居しております。婚姻関係は破綻しているかと」

「ラインハルトから、二人は二ケ月前から王都で仲良く暮らし始めたと報告があったぞ？　いやぁ、マルクも『これでアレスは僕の正式な兄上だね！』と喜んでおってな。私も自分のことのようにその報を喜んでいたのだが。……なぜおぬしはミリオノル家のブラッドに、婿になるよう声をかけたのだ？　余計なことをするでない」

「いや、それは」

「それにウエンスが言うには、ブラッドは男の恋人がいて、心は女性らしいな？　無理強いは良くないぞ？」

この宗王は生粋《きっすい》の男色家だ。お気に入りの騎士であるアレスが義実家で不当な扱いを受けていると、同じくお気に入りのウエンスやラインハルトから聞き、ルシウスにひと言言ってやろうと、通夜が行われている教会までこうしてわざわざ訪ねてきたのだろう。足は萎《な》えているのにフットワークの軽い宗王は、再びアレスのほうを振り返る。

「ブラッドは今後女性として生きるため、王立騎士団を辞めるそうだ。そこで、ブラッドの後任はアレス、おぬしに頼みたい」

「はっ」

「詳しいことは後日、近衛師団の師団長から聞くように。まあ簡単に言えば、ティンエルジュ家の警護だ」

「はい」

（……アレスがティンエルジュ家の警護の任に就くだと？）

たしかにブラッドはティンエルジュ家の警護の任に就いていた。王城で式典がある時は、彼がルシウスやリオノーラが乗る馬車の警護に当たっていた。アレスが後任に就くのなら、同じ役目を担うのは不思議ではないが、ルシウスは釈然としない。

「月の半分はティンエルジュに留まることになるだろう。おぬしはティンエルジュ家の婿だから、ちょうど良いな！　なぁ！　ルシウス！」

「は、はい」

（つ、月の半分だと……⁉）

それはもう、ティンエルジュの屋敷で同居しろと言っているようなものだろう。

「アレス、心配するな。私の目の黒いうちはリオノーラと離縁などさせん。ルシウスはどうせ、娘を取られるのが嫌なのだろう。親子二人三脚でやってきて、一人娘に思い入れがあるのは分からんでもないが、そろそろリオノーラを解放してやれ、ルシウス」

（私は婿に娘を取られたくないと考えるような浅はかな人間ではない……！）

然るべき理由があって、娘夫婦を離縁させようとしたのだとルシウスは憤《いきどお》る。彼は頭を上げようとしたのだが。

「……陛下」

「ルシウス、頭が高いぞ」

「……申し訳ございません」

宗王の凄《すご》みのある声に、ルシウスはもはや頭を垂れることしかできない。

「師団長よ、明日の葬式には私も出るぞ。予定を調整せよ」

「はっ」

宗王は言いたいことだけを言うと、教会から去っていった。

「アレスもとうとう近衛師団入りかあ！　寂しくなるなぁ！」

宗王が去った後の深夜の教会に、ラインハルトの不自然なまでに明るい声が響く。その声にいち早く反応したのはルシウスであった。

「ラインハルト！　貴様！　どういうつもりだ！」

「何がです？　王にお館様の企みを告げ口したのは監査部のウエンスですよ。私は関係ありません」

「うちのリオノーラを連れ出したのはお前だろう！　余計な真似をして！　一体なんのつもりだ！」

ルシウスは頭ひとつ大きいラインハルトを怒鳴りつける。ラインハルトは細い髭を生やした口元にうっすら笑みを浮かべると、こう言った。

「端的に言えば、復讐ですよ」

「……復讐だと？」

「かつて金と権力で、お館様には大切なメリルを奪われました。最初からメリルが私の妻になっていれば、彼女を後宮に奪われることもなかったことでしょう。あなたがメリルに瑕疵のない娘を産ませたから、陛下に狙われたのです。唯一無二の大切な者が奪われる——そんな目に、あなたを遭わせたかった。リオノーラ様をアレスに奪われた気分はどうですか？　お館さ——」

「補佐長！」

彼らの言い争いを聞いていたアレスが、すかさず口を挟む。リオノーラが生まれたことを否定するような言葉に、黙っていられなかったのだろう。

「……ティンエルジュ侯も、やめてください。今夜は父と、リオノーラの母上の通夜です」

そう言う間も、アレスは啜《すす》り泣くリオノーラの手を握っている。

「……外の空気を吸ってくる」

ルシウスは娘夫婦の姿を一瞥すると、気まずそうに俯《うつむ》き、扉へ向かって歩き出す。とぼとぼと外へと出ていった。

◆◇◆

ラインハルトがぽりぽり頭をかき、アレスに軽く頭を下げる。

「アレス、すまんな」

「補佐長、葬式が終わったらお尋ねしたいことが山ほどあります」

「やれやれ。尋問はほどほどにしてくれよ？　……そうだ、デリング家のご婦人と、マルク様はこの教会の別室で休まれている。朝になったら声をかけに行こう」

すでに義母ジーナは教会まで来ていた。一人で別室にいるであろう義母を思い、アレスはなんとも言えない気持ちになる。心細い思いをしていないだろうかと心配になった。

宗国はかつて宗王を現人神と信仰していた過去があるが、現在は宗教らしい宗教が存在していない。現宗王マルドゥーク八世が、自身が偶像視されることを望まなかったのだ。

「打倒帝国のため、地に足のついた治世を行う」——それが宗王が戴冠時に述べた言葉だ。冠婚葬祭を取り仕切るのは聖職者ではなく、役人だ。葬式も簡素で、教会や自宅で近親者のみで通夜を行い、翌日に火葬する。王族は墓を作るが、平民は故人が生前に望んだ場所に遺灰を撒くことも多い。貴族の場合は屋敷内の墓地に埋葬する。

アレスは火が消えかかっている蝋燭《ろうそく》を見つけ、他の蝋燭《ろうそく》から火を分けた。通夜の間は、この炎が消えないように見張る。彼はしゃがんだ体勢で、自分の背後にいるリオノーラに優しく声をかけた。

「……リオノーラも、部屋で休んできてください。疲れたでしょう」

「私もここにおります。お母様と一緒にいられる、最後の時ですもの」

リオノーラもその場にしゃがみ込み、アレスの肩にぽすりと額を押しつけた。

翌朝、アーガスとメリルの葬儀はつつがなく行われた。黒いヴェールを被ったリオノーラの目に涙はなかったが、その瞼《まぶた》は腫れていた。

葬儀の後、アレスは義母ジーナと話をした。

「もう、私は隠居したいわ。疲れたのよ……」

ジーナは、アーガスよりも十歳も年上だった。頭髪はすでに真っ白になっており、喪服の袖から覗《のぞ》く細い手には皺《しわ》が目立つ。

「アレス、デリング家の今後はあなたに任せます。領地を国に還すなりなんなり、あなたの思うようにしてちょうだい。私は私で蓄《たくわ》えはあるし、息子達の医療費もなんとかなるわ」

「義母上《ははうえ》……」

「今まであなたには苦労をかけたわね」

ジーナが、アレスの手を握る。彼女は目に涙を浮かべてアレスを見上げた。

そして、隣にいたリオノーラにも、ジーナは視線を向けた。

「リオノーラ様」

「はっ、はい」

「これからも、アレスとどうか仲良く暮らしてあげてくださいね。この子はね、ずっと自分の家族を欲しがっていたのです。この頃は王都で一緒に暮らしているのでしょう？　ラインハルトさんから聞いて、私、嬉しくて」

「お義母様《かあ》……！　はい！　私はこれからもアレス様と末永く仲良くやっていく所存ですし、子どもは少なくとも十人は欲しいなと思っています！」

「まあ！」

「……じゅうにん？」

リオノーラの聞き捨てならない宣言に、アレスは思わず反応する。

自分との子どもを望んでくれるのはありがたいが、十人はいくらなんでも多すぎる。子どもは産み落としただけでは育たない。子の健全な育成には、親の関心と愛が必要だとアレスは考えている。アレスは自分が騎士業を途中休業してでも子育てに参加するつもりでいた。だが、彼的には三人が限界だと思っている。

「リオノーラ、子どもはただ闇雲にたくさん産めばいいというものではありません」

「そうなのですか？　たくさんいたら楽しいと思うのですが……」

ジーナが乗った馬車を見送ると、二人は来た道を引き返した。その道中、アレスはリオノーラに自分の子育て計画について話すことにする。

「我々はネズミではありません。人が真っ当に育つには、子ども一人一人に親の多大なる関心が必要不可欠です」

「そ、そうなのですか……」

「俺は全身全霊をかけて子育てをするつもりなので、リオノーラもそのつもりでいてください」

アレスの脳内では家族計画が着々と進んでいた。

「アレス様、私達の子の家名はどうなるのですか？　アレス様がデリング家を継ぐのなら……」

「デリング家は継ぎませんよ」

「えっ」

「あなたの産む子はすべて、ティンエルジュ家の人間になります」

アレスは、ティンエルジュ家から王都へ向かう道中の出来事を思い出す。

馬車に立ちはだかった剣士達に、リオノーラは果敢にもこう言ったのだ。

『私は、アレス様と幸せな家庭を築くのだから……！』

『この人を、アレス様を傷つけさせない！　殺《や》るんなら、まず私を殺《や》りなさい！』

(リオノーラは俺を守ろうと必死になってくれた……)

あれからアレスは考えたのだ。捨て身で庇《かば》ってくれたリオノーラに、彼女がずっと大事にしてきたティンエルジュ領を捨てさせて本当にいいのか、と。

「俺はこれからも、あなたの夫で、ティンエルジュ家の婿ですよ」

「い、いいのですか……？」

（リオノーラにティンエルジュ領を捨てさせたら、彼女の笑顔が曇ってしまうかもしれない）

リオノーラの笑顔が失われるぐらいなら、多少義実家で肩身の狭い思いをするぐらい、大した問題ではない。アレスはそう考えていた。

「リオノーラ、あなたにティンエルジュを捨てさせたら、あなたはずっと後悔するでしょう？　俺はリオノーラにずっと笑っていてほしいですからね」

「アレス様……！」

「それに、俺はブラッドの後任として、近衛師団の騎士になります。ティンエルジュ家の警護を行う以上、婿の立場を維持したほうが都合が良いで――うわっ」

「うわあああんっ！　アレス様！」

リオノーラがアレスの腰にがばりと抱きつく。彼女は彼の黒い外套に顔を埋め、泣きじゃくった。

「どうして！　自分の幸せよりも、私の幸せばかり優先するのですか！」

「言ったでしょう？　あなたに惚れているからです」

「ううう……！　私も好きです！」

二人の間を、暖かな風が吹き抜けた。

◆◇◆

仲睦まじい若夫婦の様子を木陰から覗《のぞ》く、二つの影があった。ルシウスと、レイラである。

「おのれ……！　イチャイチャしおって！」

「良かったな、お館様。婿殿がデリング子爵になる道を選ばなくて」

「ふんっ、あんなヘタレに貴族家の当主が務まるか！」

ルシウスの腕には、メリルの灰と骨が入った壺がある。これからメリルの生家、シェーン家へ届ける予定だ。

「お館様、リオと一緒にティンエルジュへ帰るのか？」

「……いや、アレスの業務の引き継ぎが終わるまでは、リオノーラも王都へ留まらせる。陛下がうるさくてな」

「そうか、では私はお館様と共にティンエルジュへ帰ろう。南方地域へ戻らねば」

「族長の容体が悪いのか？」

実はレイラとロラの父親も、病に臥せっていた。二ケ月前、リオノーラが屋敷を出た時にルシウスは不在であったが、実はあの時、ルシウスは南方地域までレイラの父親である族長の見舞いに行っていたのだ。

「……おそらく、父は長くはないだろう。私が次の長になる」

「そうか。レイラ、お前には長らく世話になったな。また、見舞金を包もう」

仲睦まじい若夫婦の姿を尻目に、ルシウスは馬車に、レイラは自分の馬に乗る。彼らもそれぞれ、新しい旅路を始めようとしていた。

◆◇◆

再び、アレスとリオノーラは王都で暮らし始めた。

アレスはブラッドの後任の近衛師団の騎士としてティンエルジュ家の警護に当たることになったが、その前に、特務師団での引き継ぎや引っ越し準備がある。一ヶ月を目途に、今暮らしている部屋を引き払う予定だ。

そんな時、リオノーラに異変が起こった。

「リオノーラ、どうかしましたか？」

リオノーラのただならぬ様子に、アレスは腰を屈めて声をかける。

彼女の視線の先には、壁にかけられた暦表があった。彼女は、日付が並んだその表を指さしながら何かを必死に数えている。

「アレス様、大変です！　私の月のものが遅れております！　これは……！　これは、もしかしなくとも、懐妊では？」

リオノーラは期待に目を輝かせているが、アレスは「えっ」とその表情に戸惑いを滲《にじ》ませる。

「……どうでしょうね、とりあえず軍病院へ行きますか？」

「そうですね！　出産予定日を聞かないと！」

「いや、まだ妊娠しているかどうか分かりませんよ」

アレスは騎士である。基本的には人を守る職業なので、医学的なことも日々履修している。

再び同居をはじめ、丸くなりつつあるリオノーラの肩や腰回りを見る。アレスは思った。リオノーラの月のものが遅れているのは、食べ過ぎが影響しているのではないかと。しかし、本当に妊娠している可能性もある。医者にかかったほうがいいのは間違いない。

「男の子でしょうか、それとも女の子？　名前は何にしましょうね。あっ、双子や三つ子かもしれませんよね！」

腹を撫でるリオノーラは嬉しそうだ。アレスは妊娠（仮）を喜ぶ妻の姿を優しげに見つめる。

……この後アレスの予感は的中し、リオノーラは医者から食べ過ぎを指摘された。このままでは妊娠が難しいどころか、妊娠したとしても厳しい節制を強いられると聞き、リオノーラは驚愕する。

苛烈な妊活とリオノーラの節制の末に、のちのティンエルジュ侯爵となる長女を授かるまで、あと四年半。

濃蜜ラブファンタジー

ノーチェブックス

Noche BOOKS

暴君王子は欲求不満!?

年下王子の猛愛は、魔力なしの私しか受け止められないみたいです

卯月ミント

イラスト：神馬なは

妹に婚約者を寝取られ、仕事も奪われて人生崖っぷちの令嬢アデライザ。そんな折、王子の家庭教師に抜擢されて隣国へ向かうことになる。そこで彼女を待っていたのは傍若無人なイケメン王子様、ルベルドだった。彼はアデライザと同じく魔力なしだが、「魔力を取り戻す薬」の研究中だという。でもその薬にはとんでもない副作用があって——

詳しくは公式サイトにてご確認ください

https://noche.alphapolis.co.jp/

Noche COMICS

獣人公爵のエスコート

漫画 猫倉ありす
原作 雪兎ざっく

{1}

アルファポリスWebサイトにて好評連載中！

貧しい田舎の男爵令嬢・フィディア。
彼女には、憧れの獣人公爵・ジェミールを間近で見たいという夢があった。王都の舞踏会当日、フィディアの期待は高まるが、不運が重なり、彼に会えないまま王都を去ることになってしまう。
一方、ジェミールは舞踏会の場で遠目に見たフィディアに一瞬で心を奪われていた。

彼女は彼の『運命の番《つがい》』だったのだ——。

ジェミールは独占欲から彼女を情熱的に求め溺愛するが、種族の違いによって誤解が生じてしまい…!?

無料で読み放題
今すぐアクセス！
ノーチェWebマンガ

B6判 定価：748円（10%税込）
ISBN 978-4-434-32416-1

ISBN978-4-434-32415-4

この作品に対する皆様のご意見・ご感想をお待ちしております。

おハガキ・お手紙は以下の宛先にお送りください。

【宛先】

〒150-6019 東京都渋谷区恵比寿 4-20-3 恵比寿ｶﾞｰﾃﾞﾝﾌﾟﾚｲｽﾀﾜｰ 19F
（株）アルファポリス　書籍感想係

メールフォームでのご意見・ご感想は右のＱＲコードから、
あるいは以下のワードで検索をかけてください。

アルファポリス　書籍の感想　検索

ご感想はこちらから

本書は、「アルファポリス」（https://www.alphapolis.co.jp/）に掲載されていたものを、
改題、改稿のうえ、書籍化したものです。

離縁《りえん》の危機《きき》なので旦那様《だんなさま》に迫《せま》ったら、
実《じつ》は一途《いちず》に愛《あい》されていました

野地マルテ（のじ まるて）

2024年 3月 25日初版発行

編集－堀内杏都・山田伊亮・大木 瞳
編集長－倉持真理
発行者－梶本雄介
発行所－株式会社アルファポリス
〒150-6019 東京都渋谷区恵比寿4-20-3 恵比寿ｶﾞｰﾃﾞﾝﾌﾟﾚｲｽﾀﾜｰ19F
TEL 03-6277-1601（営業） 03-6277-1602（編集）
URL https://www.alphapolis.co.jp/
発売元－株式会社星雲社（共同出版社・流通責任出版社）
〒112-0005 東京都文京区水道1-3-30
TEL 03-3868-3275
装丁イラスト－南国ばなな
装丁デザイン－AFTERGLOW
（レーベルフォーマットデザイン－團 夢見（imagejack））
印刷－図書印刷株式会社

価格はカバーに表示されてあります。

落丁乱丁の場合はアルファポリスまでご連絡ください。

送料は小社負担でお取り替えします。


ISBN978-4-434-33591-4 C0093